ZUN

tradução MARÍLIA GARCIA

SCHOLASTIQUE MUKASONGA

A MULHER DE PÉS DESCALÇOS

Para todas as mulheres que se reconhecerão na coragem e na esperança obstinada de Stefania.

MUITAS VEZES MINHA MÃE INTERROMPIA UMA DAS inúmeras tarefas cotidianas de uma mulher (varrer o pátio, descascar legumes, catar feijão e sorgo, remexer a terra, desenterrar batata-doce, descascar bananas antes de cozinhá-las...) e chamava nós três, filhas mais novas que ainda morávamos em casa. Ela não nos chamava pelos nomes de batismo, Jeanne, Julienne, Scholastique, e sim pelos nomes de verdade, que tinham sido escolhidos por nosso pai e cujo significado, sempre sujeito a interpretações, parecia projetar nosso futuro: "Umubyeyi, Uwamubyirura, Mukasonga!". Mamãe olhava para a gente como se ela fosse partir por um longo tempo, como se ela, que raramente saía do terreno da casa e que nunca se afastava da plantação, exceto aos domingos para a missa, como se ela estivesse se preparando para uma longa viagem, como se fosse a última vez que visse as três ao redor dela. E nos dizia com uma voz que parecia vinda de outro mundo e que nos enchia de angústia: "Quando eu morrer, quando vocês perceberem que eu morri, cubram o meu corpo. Ninguém deve ver meu corpo, não se pode deixar ver o corpo de uma mãe. Vocês, que são minhas filhas, têm a obrigação de cobri-lo, cabe somente a vocês fazer isso. Ninguém pode ver o cadáver de uma mãe, pois senão ela vai perseguir vocês que são as filhas... ela vai atormentá-las até o dia em que a morte leve vocês também, até o dia em que vocês vão precisar de alguém para cobrir seus corpos".

Suas palavras nos enchiam de medo, não entendíamos o que elas significavam – e ainda hoje não tenho certeza se entendo –, mas ficávamos paralisadas de horror. Estávamos decididas a vigiar nossa mãe o tempo inteiro e, caso a morte viesse buscá-la de repente, estaríamos prontas para cobri-la com um pano, sem que ninguém visse o seu corpo sem vida. É verdade que a morte rondava os deportados de Nyamata; mas, para nós, meninas, parecia que a ameaça pairava primeiro sobre nossa mãe, como se fosse um leopardo silencioso avançando sobre a presa. Ficávamos atrás dela, com nossa angústia, ao longo de todo o dia. Mamãe era a primeira a se levantar e, bem antes de acordarmos, ela dava uma volta no vilarejo. Nós aguardávamos ansiosas pelo seu retorno, ficávamos mais calmas quando víamos, no meio do cafezal, que ela limpava os pés na grama úmida de orvalho. Quando uma saía para buscar água ou lenha, dizia à outra que ficava em casa: "Cuide bem da mamãe". E só ficávamos tranquilas quando, na volta, víamos que ela estava debaixo do pé de mandioca, catando feijão. Mas o pior era na escola quando me invadiam imagens de angústia que turvavam a aula: o cadáver de mamãe caído diante do montinho onde ela tinha o hábito de se sentar.

Não cobri o corpo da minha mãe com o seu pano. Não havia ninguém lá para cobri-lo. Os assassinos puderam ficar um bom tempo diante do cadáver mutilado por facões. As hienas e os cachorros, embriagados de sangue humano, alimentaram-se com a carne dela. Os pobres restos de minha mãe se perderam na pestilência da vala comum do genocídio, e talvez hoje, mas isso não saberia dizer, eles sejam, na confusão de um ossuário, apenas osso sobre osso e crânio sobre crânio.

Mãezinha, eu não estava lá para cobrir o seu corpo, e tenho apenas palavras – palavras de uma língua que você não entendia – para realizar aquilo que você me pediu. E estou sozinha com minhas pobres palavras e com minhas frases, na página do caderno, tecendo e retecendo a mortalha do seu corpo ausente.

I
SALVAR OS FILHOS

Talvez as autoridades hutus, postas para governar uma Ruanda outra vez independente, esperassem que os tutsis de Nyamata fossem aos poucos dizimados pela doença do sono e da fome. A região para onde eles foram levados, Bugesera, parecia hostil o bastante para tornar ainda mais incerta a sobrevivência dos "exilados do interior". Apesar de tudo, a maioria sobreviveu. Com coragem e solidariedade, eles conseguiram enfrentar a terra hostil e cultivar um primeiro terreno que, se não lhes poupou a penúria, ao menos impediu que morressem de fome. E, pouco a pouco, as casinhas improvisadas dos desterrados se tornaram vilarejos – Gitwe, Gitagata, Cyohoha –, onde todos se esforçavam para fingir um cotidiano que quase nunca amenizava o sofrimento lancinante do exílio.

Mas os tutsis de Nyamata compreenderam bem rápido que a sobrevida precária concedida a eles era apenas uma prorrogação. Os militares do campo de Gako, assentados entre os vilarejos e a fronteira próxima ao Burundi, estavam ali para lembrar aos tutsis que eles não eram mais seres humanos, e sim *inyenzis*, baratas, e que era permitido e justo persegui-los e, no fim, exterminá-los.

Ainda hoje, vejo os militares de Gako invadindo a casa, levantando com a coronha da espingarda a placa de metal que servia de porta. Diziam que estavam buscando uma foto do rei Kigeri ou cartas recebidas clandestinamente de exilados que estavam no Burundi ou em Uganda. É claro que tudo isso era apenas um pretexto. Havia muito tempo que os desterrados de Nyamata tinham jogado fora qualquer coisa que pudesse comprometê-los.

Não sei dizer quantas vezes os soldados foram saquear nossas casas e aterrorizar os moradores. Na minha lembrança, toda a violência ficou gravada em uma única cena. É como um filme que fica passando e se repetindo. As imagens são sempre as mesmas e alimentam até hoje meus piores pesadelos.

O que primeiro me vem à lembrança é uma cena tranquila. Toda a família está reunida no único cômodo da casa, ao redor das três pedras da lareira. Estamos de férias, em julho ou agosto, durante a estação seca, pois André e Alexia, que fazem o ensino médio num colégio longe de Nyamata, também estão conosco. Anoiteceu, mas não é noite de Lua cheia; pois, se fosse, estaríamos do lado de fora, no pátio atrás da casa, aproveitando sua luminosidade. Tudo parece estranhamente calmo, como se nunca tivéssemos recebido a visita brutal dos militares. Aparentemente, mamãe ainda não tomou nenhuma de suas medidas de precaução sobre as quais falarei adiante. Vejo cada um no seu lugar. Stefania, minha mãe, está agachada em cima da esteira encostada na parede que dá para o pátio. Alexia está perto do fogo, talvez tente ler o livro que trouxe do colégio na luz tênue das chamas, talvez esteja fingindo. Não distingo meu pai do outro lado do quarto, na penumbra; ouço apenas o murmúrio monótono e infindável do rosário que ele entoa. Julienne, Jeanne e eu estamos agarradas umas às outras perto da porta de entrada que dá para a rua. Mamãe acabou de colocar à nossa frente um prato de batatas-doces. Mas não começamos a comer. Estamos prestando atenção no que André diz. Ele está sentado na única cadeira da casa, que fica em frente à mesinha que Antoine, nosso irmão mais velho, fabricou especialmente para ele, estudante, homem, a esperança da família. Ele conta as histórias do colégio, e parecem notícias vindas de um mundo distante, extraordinário e inacessível, e são histórias que nos fazem rir sem parar...

E, de repente, o estrondo da placa de metal que serve de porta desabando: só tenho tempo de agarrar minha irmãzinha e deitar com ela no canto para impedir que uma bota machuque o rosto dela, a bota que sai pisando as batatas-doces e que amassa o prato de metal no meio como se fosse cartolina. Tento fingir que sou muito pequena, quero afundar no chão, escondo Jeanne sob um pedaço de pano, abafo os soluços dela e, quando ergo os olhos, vejo três soldados derrubando os cestos e os jarros e jogando no pátio as esteiras que estavam penduradas no teto.

Um deles leva André até a porta (parece que vejo o corpo do meu irmão se debatendo e andando lentamente até chegar perto do meu rosto), e meu pai se precipita como se pudesse parar o militar, e ouço os gritos da minha mãe, de Alexia. Fecho as pálpebras com força para não ver. Tudo se turva, queria me esconder no lugar mais fundo da terra...

O silêncio me faz abrir os olhos outra vez. Com o apoio do meu pai, André se levanta todo dolorido pelas pancadas que levou. Minha mãe e Alexia recolhem o feijão espalhado pelo chão. Agora, na casa do vizinho, ouvimos os mesmos barulhos de botas, os mesmos gritos, os mesmos choros, a mesma barulheira de jarros quebrando...

*

Minha mãe tem somente uma ideia na cabeça, o mesmo projeto para todos os dias, uma única razão de viver: salvar os filhos. Para isso, ela elaborava estratégias, experimentava táticas. Seria preciso fugir, se esconder. É certo que o melhor seria fugir e se esconder no matagal espesso, cheio de espinhos, que ficava na nossa plantação. Mas, para isso, era preciso ter tempo. Mamãe espreitava os barulhos sem parar. Desde o dia em que queimaram nossa casa em Magi, em que ela ouviu o rumor do ódio, como o zumbido de um enxame monstruoso vindo em nossa direção, ela desenvolveu, parece-me, um sexto sentido, o da presa que está sempre alerta. Ela identificava de longe o barulho das botas na estrada. "Ouçam, dizia, eles estão por perto". A gente parava para prestar atenção e só havia os barulhos comuns da vizinhança, o som habitual da savana. "Eles estão chegando, repetia minha mãe, rápido, corram para se esconder". E normalmente ela só tinha tempo de nos fazer um sinal. Corríamos para baixo dos arbustos e, pouco depois, era possível ouvir, do nosso esconderijo, a patrulha na estrada, e ficávamos nos perguntando se eles entrariam em casa, se saqueariam e pilhariam nossos parcos bens, os escassos cestos de sorgo ou de feijão, as escassas espigas de milho que tínhamos tido a prudência de estocar.

Mas era preciso prever tudo: às vezes, os soldados surgiam mais rapidamente do que o ouvido muito afinado de minha mãe pudera detectar. Para o caso de não termos tempo de chegar até o esconderijo, ela deixava, no meio dos grandes arbustos de vegetação selvagem, um monte de mato seco, um arbusto impenetrável onde só nós, meninas, podíamos nos aninhar durante o alerta. No mato, ela tinha descoberto esconderijos que pareciam mais seguros. Encontrara as tocas mais fundas cavadas por tamanduás, e estava certa de que poderíamos escorregar para dentro delas e, em caso de necessidade, com a ajuda de Antoine, ela ampliaria o buraco e camuflaria a entrada com um aglomerado de mato e de tronco. Jeanne parecia ficar ainda menor para poder caber no covil do tamanduá. Apesar dos conselhos e dos pedidos de mamãe, ela nem sempre conseguia triunfar. Perguntei à Stefania, um pouco preocupada, o que aconteceria se o tamanduá quisesse voltar para casa. Esqueci-me o que ela respondeu.

Mamãe não deixava nada nas mãos do acaso. Normalmente, quando anoitecia, fazia um ensaio geral. Assim, sabíamos exatamente como entrar no matagal cheio de espinhos, como nos esconder debaixo do mato seco. Mesmo no meio da aflição que nos causavam as botas pisoteando a estrada, íamos direto para os arbustos ou para as tocas onde, seguindo as instruções da mamãe, tínhamos aprendido a nos esconder.

As casinhas dos desterrados tinham apenas uma porta que dava para a estrada. Para facilitar nossa fuga, mamãe tinha feito outra saindo para a plantação e para o mato. Mas essa porta, mais ou menos escondida, como os esconderijos nas moitas que ela tinha feito para a gente, logo passou a ser inútil. Depois de terem rechaçado, com ajuda de helicópteros, a incursão fracassada dos *inyenzis* – refugiados tutsis vindos do Burundi –, os militares do campo de Gako não temiam ataques nem emboscadas. Atreviam-se a sair da estrada que, até ali, eles se contentavam em seguir, e faziam sua patrulha sem medo no meio do mato até a fronteira com o Burundi. A partir desse momento, o perigo podia surgir tanto da estrada quanto do mato, e nossos esconderijos espinhosos deixaram de ser aqueles refúgios invioláveis que tranquilizavam minha mãe. Ela também tentava arrumar esconderijos dentro da casa. Ela colocava, diante das paredes de argila, jarros e cestos grandes, quase tão altos quanto o celeiro, e Julienne e Jeanne podiam se esconder atrás deles caso os soldados aparecessem. Eu já era grande demais para me esgueirar atrás da barriga preta dos jarros ou do contorno elegante dos cestos. A única saída era me jogar debaixo da cama dos meus pais. Na verdade, esses esconderijos não serviam para nada, pois não enganavam ninguém, e menos ainda os militares que rapidamente nos descobriam com seus chutes, tratando-nos como se fôssemos baratas ou cobrinhas.

*

Mamãe nunca estava satisfeita com seus planos de sobrevivência. Sempre ficava pensando em como melhorar a camuflagem, em como construir outros refúgios. Mas, no fundo, ela sabia que a única maneira de garantir nossa sobrevivência seria atravessar a fronteira e partir para o Burundi, como tantos tutsis já tinham feito. Contudo, ela nunca considerava esse exílio para si mesma. Nem meu pai nem minha mãe pensavam em se exilar. Acho que eles tinham escolhido morrer em Ruanda. Eles seriam mortos na sua terra; ali, eles se deixariam assassinar. Mas as crianças tinham de sobreviver. Minha mãe também planejava, em caso de emergência, nossa fuga para o Burundi. Ela saía sozinha no meio do matagal para explorar as trilhas que levavam até a fronteira. Ela colocava balizas no trajeto, e nós devíamos, sem entender muito bem o porquê, seguir esse estranho jogo de caça ao tesouro.

Em casa, tudo estava pronto para a partida, que poderia ser decidida a qualquer momento: com os rumores de um massacre em Nyamata, um tiroteio à noite, as ameaças do líder da comunidade, a prisão de um vizinho... Sempre havia batata-doce, banana e uma pequena cabaça de cerveja de sorgo enrolada em um pedaço de pano. Essa trouxa ficava pronta para quem conseguisse escapar e seguir a trilha na direção do Burundi. Minhas irmãs e eu evitávamos olhar para essas provisões para o exílio, pois para nós era um mau presságio do que iria acontecer.

Mas o que mais preocupava minha mãe eram meus irmãos Alexia e André. Eles não estavam em casa. Moravam no colégio e só voltavam nas férias. Mamãe imaginava o pior: um dia, quando voltassem, Alexia e André não encontrariam mais ninguém; a casa teria sido saqueada, incendiada, ela própria e Cosma estariam mortas, as três meninas, ou ao menos uma ou duas, teriam conseguido escapar dos assassinos e fugir para o Burundi. Mas o que André e Alexia fariam? Eles teriam de encontrar forças depois da longa caminhada do colégio até em casa, forças para partir outra vez imediatamente na direção da fronteira e enfrentar os perigos que poderiam encontrar no percurso, as patrulhas, os elefantes, os búfalos... Então, ela enterrava, em lugares previamente combinados, debaixo de uma pedra, perto de um cepo, algumas provisões, feijão, batata-doce. Eu ajudava minha mãe a cavar o buraco, a tapar com grama e mato, deixando um pouco arejado. Mas, é claro, era preciso sempre renovar as provisões, e comíamos os alimentos já vencidos que o amor maternal havia enterrado.

*

O mais importante era não ser surpreendido e, para a minha mãe, era preciso se informar sobre tudo que acontecia nas redondezas. Em primeiro lugar, em Nyamata, onde ficava a administração local, a igreja missionária e o mercado. Ela interrogava os que chegavam de lá, buscando desvendar os sinais que poderiam anunciar uma próxima onda de prisões ou de matanças. Eles teriam ouvido falar de alguma reunião na prefeitura ou reparado, na frente do escritório da administração, algum carrão vindo de Kigali? Teriam visto caminhões de militares atravessando a ponte de ferro do rio Nyabarongo? Havia alguma aglomeração no mercado ou alguma briga? Quais eram os rumores que se ouviam nos bares? E na missa, o padre Canoni não tinha falado um pouco demais sobre o amor ao próximo em seu sermão? O que contava o professor que tinha o único aparelho de rádio no vilarejo? Stefania analisava com cuidado as informações, decifrava os rumores e conjecturava a iminência ou ausência de perigo.

Também era preciso se informar sobre o que acontecia com os vizinhos. Ela suspeitava que eles tinham preparado uma fuga secreta para o Burundi. "Numa bela manhã acordaremos e estaremos sozinhos, ela suspirava. Eles terão partido para o Burundi sem contar nada para a gente". Sua suspeita recaía principalmente sobre Pancrace, nosso vizinho mais próximo que, segundo ela, preparava, escondido, sua partida: "Pancrace, dizia ela, é muito esperto e certamente achou um jeito de salvar a família, mas não vai contar pra ninguém". Sob o pretexto de ir buscar fogo (a primeira coisa que fazia, ao acordar, era ver se as brasas ainda estavam bem vermelhas debaixo das cinzas), ou pegar emprestado sal, ou um punhado de feijão, ela ia até o vizinho e verificava discretamente se havia algum sinal de que a partida estava próxima. Então, logo se convenceu de que Pancrace estava cavando um túnel que ia dar no matagal. Ela combinou com Antoine de fazer o mesmo e começar a cavar um buraco debaixo da cama dos pais. No fim de semana, quando ele voltava do Instituto Agronômico de Karama, onde trabalhava como jardineiro, Stefania lhe entregava a enxada e, sem nem mesmo lhe dar um tempo para ele descansar dos vinte quilômetros a pé que acabara de percorrer, ela se inclinava na beira do buraco em que Antoine desaparecia pouco a pouco e dava as instruções para a realização de seus planos. Para a sorte de Antoine, rapidamente a "operação túnel" se revelou irrealizável e os trabalhos foram abandonados. Mas mamãe estava convencida de que o ardiloso Pancrace tinha tramado, sem dizer a ninguém, vários outros planos para salvar a própria vida e a de sua família.

Minha mãe nunca relaxava. Ela aumentava o cuidado à noite, na hora do jantar. Realmente era nesse horário, ao anoitecer, ou às vezes de madrugada, que os soldados entravam nas casas para saquear tudo e aterrorizar os moradores. Por isso, mamãe não se deixava distrair por um prato de feijão ou de banana. Stefania nunca comia com a gente. Durante o jantar, ela corria até o outro lado da plantação, no limite da savana, e ficava observando o emaranhado de espinhos, prestando atenção em todos os barulhos. Se ela avistava as roupas camufladas de militares em patrulha, voltava correndo para casa e dizia: "*Twajwemo* – não estamos sozinhos". A gente tinha de ficar quieto, sem mexer, todo mundo pronto para ir para o esconderijo, esperando, ao menos essa noite, ser poupado.

Se tudo parecia normal, ela ficava um bom tempo nos observando sem dizer nada. Seu maior prazer era ver os filhos comendo. Ela tinha salvado os filhos da fome trabalhando na terra dos *bageseras* por algumas batatas-doces, cultivando uma terra hostil com um trabalho gigantesco. Todos os dias, ela dava um jeito de trapacear o destino implacável a que, por sermos tutsis, estávamos condenados. Seus filhos continuavam vivos, estavam ali ao seu lado. Ela tinha conseguido evitar a morte. Ela olhava para nós três, Julienne, Jeanne, Scholastique. Naquela noite, estávamos vivas. Talvez não houvesse outras noites.

*

"Em Ruanda, dizia minha mãe, as mulheres tinham orgulho de ter filhos. Muitos filhos. Principalmente meninos. Mas, em Nyamata, elas morriam de medo de colocar filhos no mundo. Não por elas, mas pelas crianças. Sobretudo pelos meninos. Elas sabiam que eles seriam mortos; que, cedo ou tarde, seriam mortos. Por exemplo, Gaudenciana, a vizinha que mora em frente, deveria estar feliz e orgulhosa. Todas as mulheres do vilarejo deveriam invejá-la. Ela tem sete filhos, todos meninos. O que uma mãe poderia desejar mais do que isso? Porém, ela olha os filhos com tristeza, com desespero. Não tira os olhos de cima deles. Ela não quer que eles se afastem, não deixou que fossem à escola. Não manda os filhos buscarem água, pois tem medo de que eles não voltem do lago Cyohoha. Eles nunca foram ao mercado de Nyamata, parecem estar à espera da morte. E ela só tem meninos. A vez das mulheres, das meninas, também vai chegar. Vocês sabem como mataram a Merciana...".

Todo mundo em Nyamata tinha visto o assassinato de Merciana, todo mundo tinha assistido à morte dela, e as mulheres compreenderam ali que elas também não seriam poupadas, nem seus filhos. Tudo aconteceu quando os desterrados ainda estavam amontoados na escola em Nyamata. As famílias tinham construído pequenas choupanas no grande pátio para escapar da confusão das salas de aula. Merciana era de uma família de pessoas importantes de Magi. Como todos os outros, tinham sido deportados para Nyamata, mas seu pai, sob ameaça de morte, tinha conseguido fugir para o Burundi. Merciana era a verdadeira chefe da família, uma "civilizada", como diziam na época. Não sei onde ela tinha ido à escola, mas ela sabia ler e escrever. Saber escrever era algo perigoso se você tinha um pai exilado no Burundi. Logo começam a suspeitar que você está se correspondendo com os tutsis que preparam seu retorno a Ruanda, que você é uma espiã dando informações aos que estão desse lado da fronteira e poderia facilitar a volta dos tutsis. E talvez você esconda armas. Os capangas da prefeitura sempre iam interrogar Merciana, revistar a miserável choupana. Ouvíamos os irmãos e as irmãs de Merciana chorando, a mãe suplicando. Depois, um dia, eles chegaram com dois militares. Eles pegaram Merciana e a levaram até o meio do pátio, um lugar onde todo mundo podia ver. Tiraram a roupa dela, deixaram-na completamente nua. As mulheres esconderam os filhos debaixo dos panos. Lentamente, os dois militares pegaram as espingardas. "Eles não miravam no coração, repetia minha mãe, e sim nos seios, somente nos seios. Eles queriam dizer a nós, mulheres tutsis: 'Não deem vida a mais ninguém, pois, na verdade, se colocarem mais alguém no mundo, vocês vão acabar trazendo a morte. Vocês não são mais portadoras de vida, são portadoras de morte'".

II
AS LÁGRIMAS DA LUA

Stefania estava sempre atenta aos presságios. E eram muitos. Havia sinais no céu: em torno da Lua surgia um halo avermelhado, da cor da poeira na estação seca, em vez do halo na cor clara de *ikimuri*, a manteiga de vaca; as nuvens se cobriam de respingos sangrentos. De repente, as águas do lago Cyohoha se tornavam viscosas e marrons, lembrando o rio egípcio debaixo do cajado de Moisés, como contava a Bíblia de papai. E havia também os corvos que subiam voando do vale e dos grandes pântanos que ninguém penetra. A revoada negra passava por cima do vilarejo e a gente tampava o ouvido para evitar os barulhos estridentes. Sem dúvida, eles eram enviados dos *abazimus*, os Espíritos dos mortos, e os gritos sinistros eram chamados dirigidos a nós: "Em breve, vocês estarão aqui, no meio da névoa cinza dos mortos que ficam errando por cima dos papiros".

Os sinais de mau agouro se multiplicavam. Mulheres idosas, com seios secos, de repente tinham leite, bebês se recusavam a sair da barriga das mães. Felizmente, de vez em quando, dava para afastar o azar. Stefania conhecia plantas de bom augúrio e sabia, dentro de casa, os lugares propícios para colocá-las. Ela borrifava o pátio e as plantações com água purificadora que era recolhida da chuva. A água do lago Cyohoha, com gosto fétido, era considerada maléfica, era a bebida da tristeza. Tinha de ser consumida depois de fervida, não por higiene, mas para afastar ou, ao menos, atenuar o princípio maléfico presente nela. Papai usava métodos que a ortodoxia católica não condenaria. Ao lado das plantas, ele colocava folhas que pareciam palmas e que tinham sido abençoadas pelos padres no domingo de ramos. Se ele suspeitava, com o tempo, que as propriedades da água benta tinham evaporado, reavivava o ramo colocando uma gotinha de água de Lourdes nas folhas secas. Ele armazenava a água em um frasco minúsculo, que ganhara de presente dos missionários, por ser responsável pela Legião de Maria, com um par de óculos.

*

Mas, de todos os presságios, o mais assustador eram as lágrimas que escorriam da Lua.

No pátio da casa em Gitagata, havia três plantas admiráveis pelo tamanho e pela função que tinham. Um pé de café tinha crescido estranhamente por cima do montinho de terra achatado que servia de banco para a mamãe. A planta sempre recebia as sobras da cozinha e a água do feijão cozido e, por isso, se tornara enorme e servia de sombrinha. Um grande pé de mandioca fora plantado no fundo do pátio para servir de sombra também: a gente se abrigava debaixo das folhas para descansar depois de bater o sorgo ou o feijão. Antoine trouxera as mudas de

Karama, e suas folhas imensas não tinham nada a ver com as folhas de mandioca. Mesmo sabendo das reticências em relação ao cultivo desse tubérculo venenoso que os belgas impuseram, a gente tinha o hábito de cultivá-lo também, mas era uma planta bem diferente da que ficava no pátio.

No meio do bananal, por cima do mar de folhas, erguia-se a terceira planta, carregada de mistério: era um pé de mamona, muito, mas muito alto, e muito esbelto. Ninguém sabia de onde viera a semente nem como ela tinha conseguido criar raiz na sombra do bananal. A gente ficava se perguntando como o caule tão fino tinha conseguido furar a cortina de folhas das bananeiras e como ela tinha conseguido içar, no céu, aqueles galhos tão frágeis que pareciam quase tocar na Lua. Eu e minhas irmãs mais novas pedíamos para comer os grãos. "Torrados!", a gente dizia à mamãe. Mas ela se recusava a nos dar, respondendo que não era um alimento "digno". Ngoboka, o menino pagão, deixava a gente provar escondido um pouco do fruto proibido e parecia que a gente tinha encontrado um substituto, quase tão saboroso quanto, aos amendoins que eram cultivados em casa, mas que não podíamos comer. Vendíamos toda a colheita no mercado para poder comprar sal e tecido azul com o qual Stefania fazia o uniforme escolar. Achávamos que os grãos de mamona deveriam ser nossos. Mamãe acabou cedendo aos nossos pedidos obstinados, "a água purifica tudo", repetia ela como um mantra ao lavar demoradamente os grãos com água da chuva para depois secar e torrar. A gente ficava alegre de receber um punhado dessa guloseima tão desejada.

Se por um lado a mamona era objeto da nossa ganância, também nos enchia de pavor. Por cima de suas folhas, caíam as lágrimas da Lua. Nas palavras de Stefania, essas lágrimas tinham a cor e a consistência de uma manteiga um pouco mole. Elas escorregavam por cima das folhas, escorriam em fios viscosos por toda a extensão da planta e entornavam, formando poças amareladas aos pés da árvore. Isso acontecia sempre na Lua cheia.

Eu nunca vi as lágrimas da Lua, minhas irmãs também não. E Stefania achava que não valia a pena nos mostrar; pois, segundo ela, essa manteiga caída do céu não tinha nada da benção que, segundo a Bíblia do papai, alimentara o povo de Israel. Ao contrário, tratava-se de um mau preságio que anunciava as piores desgraças para a família. "A Lua chorou de novo", dizia ela quando acordávamos. Bem antes do Sol nascer, ela ia até a árvore de mau agouro. A manteiga lunar não poderia, de modo algum, derreter com os primeiros raios do Sol: "Senão, garantia minha mãe, ela se espalharia por todo canto!". Rapidamente, era preciso enterrar as lágrimas da Lua em um buraco de cobra, onde se enterravam também os dentes das crianças bastardas. Essas crianças não eram rejeitadas, ao contrário, eram criadas como as outras. Mesmo assim, elas podiam dar azar para a família, risco que aumentava quando elas perdiam os dentes de leite. Era preciso ficar atento e pegar todos os dentes e enterrá-los o mais rápido possível no buraco de cobra. Assim, as lágrimas da Lua e os dentes de crianças adotadas desapareciam na toca do réptil como se fossem sugados pelas entranhas da terra.

As lágrimas da Lua causavam um rebuliço na casa. A gente tinha certeza de que os militares viriam e, dessa vez, tudo poderia acabar mal, eles poderiam levar nosso pai, além de Antoine e André, se estivessem lá também. Papai e meus irmãos poderiam não voltar mais, como aconteceu com comerciantes e professores que tinham sido presos em 1963 e que nunca mais vimos. Talvez um soldado começasse a atirar, nunca se sabe qual o motivo para um soldado começar a atirar... Mamãe fazia uma inspeção pelos esconderijos, repetia os mesmos rituais de sobrevivência que passara para a gente. A tensão aumentava à medida que o dia avançava. Ela obrigava a gente a comer bem antes do pôr do sol. Trancava a casa mesmo sabendo que não adiantaria muito. Durante toda a noite, Antoine, papai e mamãe ficavam acordados, se revezando para fazer a guarda. De tempos em tempos, saíam para vigiar a estrada e o matagal, prestando atenção em tudo e prontos para fazer o sinal de fuga. Era assim que, muitas vezes, as lágrimas da Lua pareciam ter um significado real.

III
A CASA DE STEFANIA

As choupanas dos desterrados ficavam por detrás de um cafezal que acompanhava a estrada. Eram chamadas as casas de Tripolo. Tripolo, é claro, é um nome de branco. Eu nunca soube quem era Tripolo, nem sei se ele se chamava mesmo Tripolo. Talvez fosse um administrador em Nyamata, ou quem sabe um agrônomo, certamente era belga. Nenhum dos refugiados tinha visto esse Tripolo, mas o nome dele funcionava como o de um bicho-papão. Se uma criança era pega fazendo alguma besteira, a mãe dizia: "Tripolo vem te pegar". Eu fechava os olhos e podia ver Tripolo com uma barriga enorme escapando para fora do short cáqui, as meias erguidas até o joelho, suando debaixo do chapéu colonial e perseguindo as crianças com o seu chicote – o *ikiboko*. De todo modo, contavam que tinha sido dele a ideia de colocar estacas para sustentar as placas de metal usadas pelos desterrados para construir suas moradias.

Para mamãe, a choupana de Tripolo não era uma casa. As paredes de pau a pique que Antoine e papai tinham construído entre as vigas eram muito retas, muito retilíneas, tinham ângulos muito marcados, arestas muito precisas, Stefania parecia se bater contra elas, se maltratar como um inseto ferido. Desorientada, ela buscava em vão uma curva para se aconchegar, uma curva feita para pôr as costas. Ela amaldiçoava a porta retangular que deixava o Sol entrar. "Moramos do lado de fora, repetia ela sem parar, como podemos comer com estranhos olhando pra dentro de nossas bocas?", algo que, para ela e para todos os ruandeses, era o cúmulo da obscenidade. E os pés de café recém-plantados não poderiam protegê-la dos olhares indiscretos ou mal-intencionados dos vizinhos ou passantes. A choupana de Tripolo estava exposta a todos os malefícios, a todas as ameaças mortais que pesavam sobre a família. Ali, minha mãe se sentia sem defesa, exposta à vergonha e à desgraça do exílio.

*

Durante muito tempo, os desterrados esperaram o dia de voltar para casa, para "Ruanda", como diziam. Mas, depois das represálias sangrentas dos primeiros meses de 1963, eles perderam as ilusões. Por fim, compreenderam – e os militares de Gako estavam lá, caso precisassem se lembrar: eles nunca cruzariam de volta o rio Nyabarongo, nunca veriam outra vez as colinas de onde foram arrancados. Eles tinham sido condenados ao desterro eterno, nesse país de desgraça e exílio que Bugesera sempre representara na história de Ruanda. Uma terra que, nos contos, ficava no fim do mundo habitado, onde, segundo a tradição, despistavam os guerreiros vilãos, as moças desonradas e as esposas adúlteras, para que nunca encontrassem o caminho de volta para Ruanda. Na beira dos grandes pântanos, onde erravam os Espíritos dos mortos e onde, para tantos, a morte ficava à espreita.

Um pouco depois de nos instalarmos em Gitagata, Stefania decidiu que estava na hora de construir, atrás da choupana de Tripolo, o *inzu*, casa que, para ela, era tão necessária quanto a água para os peixes e o oxigênio para os humanos. Não que ela aceitasse agora sua condição de exilada – nunca se resignaria a isso – mas sabia que precisava desse tipo de construção original. Só ali ela poderia reunir a força e a coragem necessárias para enfrentar a desgraça e renovar as energias para salvar os filhos de uma morte preparada por um destino totalmente incompreensível.

A casa de Stefania, onde ela poderia levar uma verdadeira vida de mulher, uma verdadeira vida de mãe de família, era uma casa de palha trançada como uma cestaria, era o *inzu* (e aqui manterei seu nome em *kinyarwanda*; pois, em francês, só existem nomes pejorativos para designá-la: cabana, barraca, choça...). Em Ruanda, não há mais casas como a de Stefania hoje em dia. Agora elas só podem ser vistas nos museus, como os esqueletos de animais imensos desaparecidos há milhões de anos. Mas, na minha memória, o *inzu* não é essa carcaça vazia, é uma casa cheia de vida, com risadas de criança, conversas alegres de moças jovens, histórias murmuradas à noite, rangido de pedra moendo os grãos de sorgo, barulho de cerveja fermentando e, na entrada, a batida ritmada do pilão. Eu queria tanto que isso que escrevo nesta página fosse uma trilha que me levasse até a casa de Stefania.

Na Ruanda de Stefania, não há vilarejos. As moradias ficam espalhadas pela encosta das colinas, escondidas debaixo da espessa folhagem dos bananais. O terreno – o *rugo* – é todo cercado por altas estacas de figueira e de eritrina que servem de suporte para um entrelaçado de cana e bambu. Essas grandes cercas vivas delimitam vários pátios em semicírculos que são interligados uns aos outros. O primeiro pátio é uma espécie de vestíbulo onde o visitante homem deve, conforme o bom costume, anunciar sua chegada espetando a lança no chão e, se for mulher, pôr no chão os cestos contendo presentes e esperar ser convidada para seguir adiante. O segundo pátio, maior, quase circular, é o domínio das vacas, que são trazidas de volta ao meio-dia, na hora de mais calor, e à noitinha, antes de escurecer. Apenas os homens e as moças virgens têm o privilégio de ordenhar vacas, e eles devem ficar atentos para sempre recolher o estrume, essa matéria preciosa na qual se pode, por puro deleite, enfiar as mãos. O estrume seco, misturado ao mato molhado, é usado para fazer um fogo cuja fumaça espessa servirá para matar os parasitas que poderiam assolar o gado.

O grande domo de palha do *inzu*, como se fosse erguido da terra, ocupa o fundo desse pátio principal. Para entrar nele, é preciso se abaixar, primeiro, por baixo de um tipo de viseira de palha bem penteada, depois sob o abaulado enorme feito de cana ou de papiros que serve de moldura para a porta. Já no lado de dentro, quando nos erguemos, os olhos devem se acostumar à penumbra morna e quente antes de poder descobrir os cantos arredondados e maternais do *inzu*. "No *inzu*, dizia mamãe, não são os olhos que nos guiam, mas o coração.". Um biombo convexo decorado com motivos abstratos separa um quartinho onde dormem os meninos, em geral na companhia do último bezerro nascido, e outros biombos formam um tipo de alcova que esconde a grande cama dos pais. Aos pés dela, ao abrigo do biombo, ficam as meninas; os dois filhos caçulas dormem na cama dos pais: o menor entre a mãe e a parede do *inzu*, o maior ao lado do pai que vigia a família com sua lança. Uma estante longa acompanha a forma curva da abóboda – o *uruhumbi* – e, sobre ela, ficam os objetos preciosos: potes feitos em madeira de eritrina para guardar o leite; as abóboras arredondadas, que servem de batedeiras; os grandes cestos com a tampa pontuda. Debaixo do trançado espiralado da cúpula, no centro da pira feita pela senhora da casa, o fogo arde entre as três pedras da lareira.

No quintal delimitado por uma cerca em forma de meia-Lua ficam os celeiros que são de uso da mãe. Ali, ela cozinha. Ali, ela cultiva um canteiro com plantas medicinais e legumes raros e valorizados e alguns pés de tabaco. Ela e as filhas tomam banho no quintal. Ela recebe as amigas. Nesse espaço se constrói, para as filhas em idade de casar, um *inzu* de dimensões menores, onde nenhum homem pode entrar, nem mesmo o pai. É ali também, debaixo de um abrigo de palha, que faziam cultos aos ancestrais deixando as oferendas num cantinho. Na estação seca, a floração deslumbrante de uma eritrina proclamava a presença de Ryangombe, o mestre dos Espíritos.

Às vezes, os terrenos cercados dos filhos casados se agregam ao cercado principal, tecendo um labirinto complicado de cercas que interferem na ordenação harmônica do *rugo* principal.

*

Mas é claro que Stefania não tinha condições de construir esse grande cercado que acabo de descrever. Não estávamos mais na encosta da colina onde tinham nos capturado e, sim, na planície seca e poeirenta de Bugesera, onde não havia vacas para trazer de volta à noite. Apenas uma cerca viva de coroas-de-cristo, bem fina e um pouco mais alta que Jeanne, na época com cinco anos, era o que nos separava dos vizinhos: nem o prefeito nem os militares nos deixariam fazer, se tivéssemos os meios, as altas cercas do *rugo*. O *inzu* de Stefania ficaria atrás da choupana de Tripolo, no limite do bananal, e ele seria apenas – e aqui uso uma palavra que eu gostaria de banir – uma simples cabana.

É verdade que construir um *inzu* não é uma tarefa simples. Sobretudo se são apenas duas pessoas para fazê-lo. Stefania só podia contar com Antoine. Papai estava sempre ocupado resolvendo os problemas da comunidade exilada e não encorajava o projeto. Além do mais, ele adotara algumas das novidades trazidas pelos brancos. Se, por um lado, permanecera fiel ao pano imaculado que era uma marca da dignidade dos homens sábios (eu nunca vira papai usando calça), por outro, ele era um entusiasta das novas casas retangulares, fossem elas em tijolo ou em terra batida. Em Magi, ele se endividou para construir uma casa de tijolo em que os hutus lançaram sua raiva destrutiva antes mesmo de podermos ocupá-la. Em Gitagata, tinha colocado paredes no interior da casa de Tripolo. Minha mãe ajudara no trabalho enchendo o reboco das paredes com uma terra amarela que ela buscara longe do vilarejo, com os *bageseras*; ela revestiu o chão com argila misturada com o pó do carvão de madeira: "É como a rua principal de Kigali, dizia ela rindo, é exatamente como me contaram que é o asfalto, Mukasonga. Ele não é assim?". Mas ela continuava praguejando contra essa casa de brancos que considerava ser "vazia de Espíritos".

Apesar das dificuldades da tarefa, Stefania estava decidida a construir seu *inzu*. É claro que dava para pedir ajuda aos vizinhos, mas somente na etapa final. Antes disso, era preciso reunir o material e preparar bastante cerveja de sorgo e de banana para, no dia, manter a atenção de todos no trabalho, e celebrar, dignamente, a inauguração da casa.

Seguindo as instruções de Stefania, que assumiu o papel de mestre de obras, Antoine escolheu as varas flexíveis que serviriam de armadura para a palha; dia após dia, juntou uma boa quantidade de mato, cana, papiros. Depois, quando tinha o suficiente, desenhou no chão o grande círculo do *inzu*, fincou com distância regular as varas e ligou os pedaços de bambu entrelaçados na parede circular.

Para o telhado, chamávamos os vizinhos, ao menos dez homens e a mesma quantidade de mulheres. Dentro da parede de bambu trança-se a abóboda, sobre a qual fica a palha. É como um grande cesto, bastante largo, que quando alcança a dimensão do círculo é erguido por um único poste e mantido definitivamente pelas colunas, em torno de dez, às vezes mais dependendo da dimensão do *inzu*. Então, só falta dobrar e amarrar as longas varas e cobrir com uma camada espessa de palha que penteamos e nivelamos com cuidado.

Pode-se considerar que o grosso da obra acabou e que está na hora de se lançar aos prazeres prometidos pelos enormes jarros que aguardam debaixo das bananeiras. É isso que acontece em seguida. Mas minha mãe queria que sua casa, mesmo não tendo as dimensões desejadas, tivesse, ao menos, os requintes indispensáveis à dignidade da família. Ela continuou durante um bom tempo trabalhando para embelezar a casa. Ela cobriu com estuque a mureta de bambu que constituía a base do *inzu*; Julienne e Jeanne, com as perninhas mergulhadas até as coxas, pisavam a terra enquanto Alexia e eu fazíamos o vaivém até o lago para trazer a quantidade de água necessária para a mistura. Ela modelou a pira da lareira; trançou os biombos que, depois, decorou usando cinzas escuras e estrume de vaca que eu conseguia com os *bageseras*, desenhando belos motivos que evocavam, para mim, as asas abertas do grou coroado; mas, principalmente, confeccionou o trançado interminável que, uma vez enrolado em espiral e ligado à abóbada, formava a cúpula do *inzu*.

*

Parecia que, graças à casa, Stefania tinha recuperado o prestígio e os poderes que a tradição ruandesa atribui a uma mãe de família. Dobrando com cuidado um talo seco de sorgo com belos reflexos dourados, ela fez um *urugori*, o arco que prende a cabeleira das mulheres, símbolo de fecundidade, fonte de bênção para as crianças e toda a família. Aos domingos, ela ia à missa com o *urugori* na cabeça e, nos outros dias, enquanto trabalhava no campo, pendurava o arco na *uruhindu*, pequena ponta de lança usada para trançar os cestos que ficava presa em um dos círculos de papiros da entrada. O *urugori* era o símbolo da soberania maternal de Stefania sobre o *inzu* e todos os que moravam nele. Na ausência dela, o arco de sorgo zelava pela propriedade. A pedra de moer, *urusyo*, encontrava, enfim, o lugar que deveria ocupar: à direita, debaixo dos papiros. Na entrada do *inzu*, ela refez o jardim de plantas medicinais que toda mãe precavida deve cultivar e manter. Além disso, plantou, perto de casa, para uso próprio, bananeiras com as mais variadas e deliciosas bananas. É verdade que essas bananeiras se tornaram tão grandes e tão vigorosas que logo esconderam a casa debaixo de suas folhas lustrosas. Assim, junto à lareira, ela pôde retomar o fio das histórias interrompidas e celebrar outra vez os feitos do rei Ruganzu. Alguns anos depois, quando eu voltava do liceu de férias, ela me recebia no limiar da lareira e recitava, a meia voz, uma saudação que eu não compreendia, mas sabia que era uma proteção do *inzu*, essa morada ancestral.

Aconteceu, de fato, que os militares passaram a poupar a casa de Stefania; eu tinha a impressão de que eles a evitavam e fingiam não ver. Para eles, o *inzu* era o esconderijo de Espíritos ameaçadores que precisava ser evitado.

Por outro lado, os militares continuavam perseguindo a casa de Tripolo. Ela fora abandonada por mamãe e se tornara uma espécie de salão de recepção onde meu pai conversava com os outros sábios do vilarejo, onde Alexia e André, os mais letrados da família, liam nos dias de chuva e recebiam os raros estudantes de Nyamata e os colegas da escola que estavam de passagem. A mesinha que Alexia tinha feito para André não passara pela porta estreita do *inzu* e tinha ficado na casa. Quando André, com seu primeiro salário de professor, pôde comprar um toca-fitas, a choupana de Tripolo se tornou um verdadeiro salão de dança onde os jovens de Gitagata se reuniam. Apesar do perigo, pois não era possível prever quando os militares viriam, jantávamos sempre lá para aproveitar a luz do Sol se pondo.

*

Stefania se tornara a guardiã do fogo, esse fogo que, no centro do *inzu*, nunca deveria apagar. Saber conservar o fogo durante toda a noite é uma arte: quando anoitecia, mamãe retirava a madeira que não tinha queimado e mantinha apenas a brasa cobrindo-a com uma camada de cinzas. No meio desse cone de entranhas avermelhadas, ela enfiava um pedaço de lenha que seria consumida lentamente ao longo de toda a noite. Ainda antes do amanhecer – pois é vergonhoso se o Sol encontra uma mãe na cama –, mamãe ia conferir se as brasas, sementes de um fogo novo, ainda estavam ardendo debaixo das cinzas. Se, por azar, elas tivessem apagado – e apesar de toda a precaução, um azar pode acontecer –, era preciso buscar fogo nos vizinhos. Nesse caso, ela deveria levar um tufo de mato seco, colocar nele uma brasa e guardar tudo dentro de uma folha de bananeira. Na volta, ia soprando os gravetos tomando cuidado para as faíscas não atingirem a palha que fica ao longo do cafezal. Felizmente, o fogo não se apagava com frequência, pois quando uma mulher precisa ir muito na casa dos vizinhos pegar fogo, costumava ser bastante criticada. Diziam: "Essa aí nem sabe conservar o fogo, é uma péssima dona de casa".

André zombava da mamãe: "Por que você atravessa o vilarejo para buscar fogo se temos em casa uma caixa de fósforos?". Por ser responsável pela Legião de Maria, papai tinha ganhado dos padres, além de um par de óculos para ler a Bíblia e um frasquinho com água de Lourdes, uma caixa de fósforos. Não sei se costumavam repor os fósforos. Minha mãe suspirava, "olha, meu filho, os brancos já nos deram muitos presentes e você está vendo onde nós fomos parar! Então, se for preciso, me deixe buscar o fogo como sempre fizemos na nossa terra. Ao menos, resta alguma coisa".

IV
O SORGO

Já vi, algumas vezes, descreverem as mulheres tutsis como donas de casa que tinham por única ocupação trançar cestinhos inúteis ou mexer a batedeira distraidamente sobre a perna esticada. Essa batedeira era uma cabaça grande com o gargalo curvado onde se preparava a manteiga da beleza que dava à pele das vestais da nascente do Nilo um aspecto brilhante e sedoso que fascinava os europeus. Sempre vi minha mãe com a enxada na mão revirando a terra, semeando, capinando e colhendo, isso antes do nosso exílio, em Gikongoro, em Magi ou, por força maior, em Nyamata, nos vilarejos dos deportados. Acontece que, em Ruanda, os trabalhos no campo nunca terminam. Se tivesse que encontrar um começo para aquilo que não tem começo nem fim, diria que esses trabalhos começam com as primeiras chuvas de outubro, quando se planta feijão e milho. Depois, eles serão colhidos, um em dezembro, outro em fevereiro; em seguida, vem a estação de chuvas, de março a maio, em que se semeia o sorgo que será colhido em julho, no começo da estação seca. Mas, durante esse tempo, também se cultiva feijão, batata-doce, eleusine, taro, abóbora, inhame, mandioca e, sobretudo, bananas, que pedem um cuidado ininterrupto. As ruandesas como Stefania, e como as de hoje em dia, sejam elas hutus ou tutsis, não dedicam todo o tempo a trançar esses delicados cestinhos que ficam uns dentro dos outros e que, muitas vezes, são vistos pelos turistas como a atividade principal da mulher ruandesa.

Em nossa agricultura, o sorgo ocupava um lugar à parte. Ele tinha uma dignidade. Não se misturava com os outros. Precisava de um pedaço de terra próprio, de uma plantação toda só para ele. O taro, a batata-doce, o feijão, todos esses legumes e leguminosas poderiam coabitar. As estacas para segurar o feijão se misturavam com o caule do milho; e as batatas-doces e os taros, escondiam-se debaixo do bananal: ninguém diria que eles estavam ali. Mas nem por isso menosprezavam o feijão, as batatas-doces ou o milho. O que comeríamos sem eles? Como satisfazer o apetite de um ruandês sem o feijão de todos os dias? Fiquei muito surpresa quando me contaram que a batata-doce, o milho e o feijão tinham vindo das Américas. Quais caminhos uma planta deve tomar para chegar até Ruanda? Nunca tive respostas. Mas nossos avós não precisaram de agrônomos nem de especialistas da Organização das Nações Unidas para Alimentação e Agricultura (FAO). Eles tiveram de se virar sozinhos para cultivar a própria terra.

O sorgo, sim, era um ruandês legítimo. A terra era para ele o seu próprio *inzu*. Não se deveria plantar ali nada que chegasse de fora. Algumas vezes, testamos plantar com eles batatas-doces, as *impungines*. Mas sabíamos que não convinha e que estávamos, assim, desrespeitando o sorgo. Então, para não incomodá-lo, fingíamos ter esquecido as batatas e, por ficarem tanto tempo debaixo da terra, elas acabavam ficando enormes e perdendo o sabor. Além disso, muitas estragavam. O sorgo não suportava intruso algum.

O sorgo era o rei das nossas plantações. Para ser cultivado para consumo, ele exigia um cerimonial, uma série de ritos que Stefania cumpria com piedade escrupulosa, pois era uma planta de bom augúrio: uma bela plantação de sorgo era um talismã contra a fome e contra as calamidades, era um sinal de fertilidade e de abundância e, para nós, crianças, um doador generoso de delícias e de jogos.

A semeadura do sorgo é feita antes da estação de chuvas, de março a maio. Todo mundo espera que a chuva seja pontual e venha na hora certa, mas sempre teme por seus caprichos. Assim, depois de mexer a terra com a enxada, mamãe semeava ao vento. Ela misturava o sorgo branco, usado na papinha e para fazer massa, ao sorgo vermelho, usado para a cerveja. A gente remexia a terra de novo para as sementes ficarem bem no fundo. Com a minha pequena enxada, imitava os gestos da minha mãe. Era exaustivo ficar curvada durante o dia inteiro. Mamãe ouvia meus gemidos e dizia, sem se virar para mim: "Mukasonga, você ainda não tem do que reclamar, espere para sofrer quando tiver que usar a enxada com um bebê nas costas". Debaixo dos pés eu sentia as minhocas, algumas tão gordas que pareciam cobrinhas, eu ficava aflita. Mamãe ficava satisfeita: "A terra é boa, escolhi bem o lugar para o plantio, veja essas minhocas, não as mate, elas não são lesmas, elas só querem o bem: são o anúncio de uma boa colheita!". E, de fato, o sorgo crescia rijo, era preciso limpar a terra, capinar.

Eliminar as pragas e os parasitas é um trabalho lento e minucioso, demanda muita atenção, mas pouco esforço. É um trabalho que permite conversar, contar histórias. Foi trabalhando na plantação de sorgo que mamãe me ensinou muitas coisas sobre a Ruanda de antigamente. Infelizmente, não pude guardar todos os segredos que Stefania me confiou, segredos passados de mãe para filha.

*

Se a terra fosse fértil e as chuvas abundantes, o sorgo cresceria rápido. Jeanne, Julienne e eu medíamos os caules: rapidamente chegavam ao nosso tamanho, depois alcançavam o tamanho dos nossos pais. Logo estavam maiores do que os homens, maiores do que Sekimonyo, o apicultor; que, sem esforço algum, conseguia pôr as colmeias no alto das árvores. A gente espreitava a floração, observava das espigas se formando aos poucos entre as folhas. Algumas eram vermelhas, outras brancas. Mas o que as crianças gostavam mesmo não eram das espigas vermelhas nem brancas, eram dos *inopfus*, plantas nascidas do sorgo estéril, que não davam espigas. Debaixo das folhas dessas plantas indesejadas, não havia grãos, mas uma massa branca, informe, listrada de filamentos pretos. Cobiçávamos o *inopfu*, que parecia uma barra de chocolate preto e branco oferecido pelo sorgo às crianças. Para o desespero dos pais, desejávamos que a plantação só produzisse *inopfu*. Felizmente, não era o caso, os *inopfus* eram raros e, para localizá-los, era preciso se afastar, subir num montinho de terra ou em alguma colina de onde se pudesse ter uma vista panorâmica de toda a plantação. Duas pequenas cristas, como os chifres de um caramujo gigante, indicavam a presença dos *inopfus*. Rapidamente, nos esgueirávamos por entre os caules, tomando todo o cuidado para não quebrar nenhum, e colhíamos esse estranho fruto da esterilidade. Quando voltávamos da plantação de sorgo, nossos lábios e língua lambuzados de um rastro preto mostravam para todos que a colheita tinha sido boa.

A colheita do sorgo ocorre em julho, no começo da estação seca. Mas antes, quando as espigas já estavam formadas, mas os grãos ainda não tinham secado, minha mãe celebrava a *umuganura*. *Umuganura* é o nome que se dá à festa e também à massa de sorgo que se come na ocasião. Não era possível colher o sorgo sem que toda a família tivesse comido, segundo o ritual, a primeira massa feita com o sorgo. Os etnólogos não diziam para celebrarmos desse modo os primeiros resultados da colheita, mas nós tínhamos certeza de que a *umuganura* dava início a um novo ano, que era o momento de fazer os votos para que o ano inaugurado pelo sorgo fosse bom. O primeiro de janeiro dos brancos ainda não fazia nenhum sentido para a gente.

A *umuganura* é uma festa familiar. Nem os vizinhos eram convidados. Era celebrada na intimidade de cada *inzu*. Cada um na própria casa. Talvez por isso a festa tenha escapado aos anátemas dos missionários; não quiseram cristianizá-la. E, em cada lar, graças às mães de família, o sorgo exercia sua resistência.

Para a *umuganura*, deveríamos colher as espigas ainda encharcadas de água, justamente a água que seria usada para fazer a massa. Normalmente, uma das crianças da casa tinha a honra de colher as espigas. Não podia ser qualquer criança. Não podia ser um filho bastardo, por exemplo, mas também eram descartadas as crianças muito franzinas, magricelas, e todos os que apresentassem problemas físicos. Eu sempre era designada por Stefania para a colheita ritual, mas ela não tinha muita escolha. André e Alexia estavam no colégio e, além do mais, eles eram "civilizados", eles zombavam das estranhas liturgias de Stefania, mesmo sem demonstrar. Jeanne era pequena demais, e minha mãe via Julienne como uma criança frágil, com a saúde complicada. Seguindo as instruções de mamãe, eu escolhia as espigas mais carregadas de grãos, aquelas que eram o presságio de uma colheita abundante e de um ano que, apesar de tudo, desejávamos próspero. Com todo o respeito, guardava as espigas dentro de um cesto trançado especialmente para esse fim. Para a *umuganura*, era estritamente proibido usar as panelas e bacias de metal vendidas no mercado.

Os grãos ainda encharcados de água não devem ser moídos na pedra, como se faz com o sorgo comum, e sim no pilão. Os grãos que não foram esmagados são selecionados com uma peneira – uma peneira que algumas semanas antes fora revestida com uma nova camada de estrume – e depois moídos até obter uma farinha fina. Mamãe confeccionava a massa em um pote de cerâmica, era preciso evitar os utensílios introduzidos pelos brancos. A receita? Acho que é quase a mesma dos crepes de trigo sarraceno feitos na Bretanha, mas Stefania não fazia crepes: ela modelava, misturando pouco a pouco a farinha com água fervendo, e fazia uma bola, uma esfera perfeita, bem lisa, com belos reflexos de verde claro. Durante o trabalho, ela pronunciava palavras que eu não entendia, mas acho que amaldiçoavam os envenenadores e feiticeiros e traziam fertilidade, abundância e fecundidade para a família, para a terra e as plantações e, sobretudo, para as vacas que nós não tínhamos.

O ritual principal acontecia à noite, numa noite de Lua cheia. Toda a família deveria comer a *umu-*

ganura, comer o ano novo que anunciava a próxima colheita de sorgo. Mamãe guardava a bola de massa em cima de um cestinho que ficava separado para a cerimônia e cortava uma parte para cada um dos membros da família. Para isso, ela usava uma folha cortante do pântano, *unutamyi*, um junco usado para a cestaria. Nem faca nem colher de metal deveriam tocar na *umuganura*. Quando as partes estavam divididas, Stefania pronunciava de novo os mantras, e nós deveríamos repeti-los em coro, naquela noite eles substituíam a bênção que o padre nos ensinara a recitar antes de cada refeição. Estava na hora de comer a *umuganura*. Eu engolia com a mesma devoção que tinha com a hóstia. A massa de *umuganura* me parecia especialmente gostosa em relação à massa comum que rangia entre os dentes, raspava a garganta, obstruía o estômago e que mamãe nos obrigava a comer, apesar de nossos protestos. Havia ainda um jarro de cerveja que nos aguardava, e só nos restava cantar e dançar em honra do sorgo. Fazíamos isso até bem tarde da noite.

*

É chegada a época da colheita. Não podemos demorar muito, pois os pássaros ficam voando ao redor, de olho na plantação. Já os macacos não preocupam tanto, pois não se interessam pelo sorgo. Mas em Ruanda, até em Bugesera, não se deve confiar muito na estação seca. A chuva pode voltar a qualquer momento. Além do mais, essa chuva temida por todos tem um nome, ela se chama justamente a "chuva do sorgo".

Antes da colheita, é preciso preparar o chão para debulhar o sorgo. Não temos mais, como "em Ruanda", a grande esteira que cobre todo o chão do quintal para essa única circunstância; por isso, em Bugesera, nos contentávamos em pavimentar uma parte do quintal com estrume de vaca. Pedíamos estrume de vaca aos *bageseras*, pois os pobres desterrados não tinham vacas. Para a nossa sorte, os *bageseras* não sabiam o que era o comércio e davam os dejetos do seu gado sem pedir nada em troca. Nem mesmo a grande quantidade de pedidos os incitou a negociar sua riqueza. A lei do mercado ainda não tinha chegado a Bugesera. É verdade que Julienne e eu simplesmente seguíamos as vacas catando seus excrementos sem pedir nada a ninguém. Nas trilhas de Bugesera, era comum ver filas de mulheres e crianças carregando na cabeça cestos cheios de estrume. Elas se orgulhavam. Então, espalhávamos o estrume pelo quintal e aproveitávamos a ocasião para revestir as peneiras e os cestos para que eles ficassem perfeitamente herméticos. Mas sempre tínhamos medo de uma chuva inesperada. Também trançávamos uma espécie de cama, como a de nossos pais, porém maior e mais alta, em que poderíamos jogar as espigas antes que a chuva transformasse o chão da debulha em poças e riachos fedorentos.

Colher o sorgo é um trabalho de homens. É um trabalho de todos os homens do vilarejo. Eles se juntavam para fazer, uma por uma, a colheita das plantações. Quando as espigas estão maduras, é preciso ser rápido, mais rápido que os pássaros, mais rápido que a chuva. E à noite, todo mundo, homens, mulheres e crianças, se juntam em torno dos jarros da plantação daquele dia. A colheita do sorgo é um momento agradável.

As espigas ainda presas ao caule ficam no chão por dois ou três dias antes de serem cortadas. Dessa vez, o trabalho deve ser feito pelas mulheres e crianças. Também contamos com a ajuda das vizinhas: elas sabem que, em breve, ajudaremos na plantação delas. As crianças devem transportar as espigas até o chão da debulha ou até o celeiro que pode ser construído se a colheita for abundante. É um corre-corre com o cesto sobre a cabeça. Não é um trabalho duro. Todo mundo é voluntário. Os professores sabem que, nesses dias, a sala de aula ficará vazia. As crianças estão cheias de energia: elas saboreiam antes de todo mundo a recompensa do fim do dia – os *imisigatis*! O sorgo nunca se esquece das crianças: alguns caules – não todos, podemos lamentar – guardam um suco adocicado, mais doce que mel. Durante a colheita, toma-se cuidado para separar e juntar os *imisigatis* tão desejados. Conservam-nos frescos, à sombra das bananeiras. Mamãe chega a enterrar alguns para quando André e Alexia voltarem. Mas, na mesma noite, os *imisigatis* são distribuídos aos pequenos trabalhadores. Os mais merecedores, que encheram o cesto com mais cuidado, que fizeram mais vezes o vaivém, recebem os maiores. Muberejiki, minha sobrinha, que é preguiçosa, só ganhou um pedaço pequenino do caule. Todo mundo fica debaixo das bananeiras para morder, mascar o suco delicioso; as mães não ficam de fora, elas também saboreiam o delicioso xarope dos *imisigatis*.

Depois que as espigas são batidas, sobra uma montanha de grãos no pátio. As crianças brincam de se esconder como na areia movediça. As mães vigiam os menores que se aventuram engatinhando no meio dos grãos, por medo de que uma avalanche acabe enterrando os filhos.

*

O sorgo era usado para fazer a massa tão detestada que mamãe nos obrigava a comer. Também dava para jogar os grãos na água fervendo, da mesma forma que se faz com o arroz, mas isso só em épocas de penúria. Havia ainda a *agacoma*, uma papinha, espécie de sopa bem grossa. Consideram-na um fortificante que era dado às crianças no lugar do leite, aos convalescentes, às mulheres depois do parto, aos idosos. Felizes eram os pais já idosos que podiam dizer: "Que sorte, minha filha sempre me traz *agacoma*!". Quando André e Alexia estavam em Gitagata, Stefania preparava um pouco para eles. Logo que acordavam, ela levava a papinha fervendo e dizia: "Que vergonha se meus filhos voltam para a escola mais magros do que quando chegaram!".

Mas o que todos esperavam do sorgo era a cerveja. A cerveja de sorgo existia antes de a Primus e outras cervejas como a Amstel a relegarem à posição desprezada de bebida antiga que os mais velhos nos obrigam a dividir com eles e que nós não ousamos recusar. A cerveja de sorgo era a própria razão de convívio entre os ruandeses. Em torno do jarro, os laços familiares eram consolidados, as amizades se atavam ou reacendiam, as relações de boa vizinhança se firmavam, os casamentos eram negociados, as brigas acalmadas, os conflitos, resolvidos; e, depois de mergulhar a palha que servia de canudo naquela espuma espessa e de tomar o líquido marrom, os sábios diziam um provérbio que esclarecia a situação e determinava a conduta correta a seguir.

Para o preparo da cerveja de sorgo, são necessários muitos recipientes. Reunimos todos os que temos em casa, os grandes jarros nos quais recolhemos a água da chuva, a tina que também serve para a cerveja de banana. Um dia, quando a civilização acabasse cruzando o rio Nyabarongo, os moradores se juntariam para comprar no mercado de Nyamata uma dessas grandes latas de metal, chamada pelos civilizados de "tonel", que armazenavam óleo de palma vendido a varejo pelos comerciantes em garrafas lascadas de Fanta. O "tonel" tão precioso, propriedade comum, circulava de família em família. Na tina, no jarro ou na lata de metal, colocamos os grãos e cobrimos com água. O sorgo fica descansando durante quatro dias até que esteja bem embebido, e os grãos amoleçam. Durante esse tempo, forramos a terra com grandes folhas de bananeira; escolhemos as mais perfeitas e inteiras, sem cortes, para fazer um tapete grosso e sem defeitos. Queimamos as *amasharas*, folhas secas de bananeiras que produzem uma cinza muito escura. Então, colocamos os grãos de sorgo em cima do tapete de folhas e, em seguida, espalhamos a cinza sobre o sorgo misturando até que o sorgo fique bem escuro e que se obtenha o que chamamos de *amamera*. Deixamos os grãos germinando debaixo de outra camada de folhas de bananeira e, logo, eles ficam cobertos de filamentos brancos. Então, chegou a hora de deixá-los secar ao Sol. Quando os grãos estão no ponto, as mulheres, de joelhos; e as crianças, de gatinhas, misturam tudo para que os brotos caiam; nesse momento, aproveitamos para devorar os grãos pretos e doces, outra nova delícia do sorgo. Catamos os grãos, depois esmagamos na pedra de moer (não se deve de forma alguma fazer isso com o pilão) e guardamos a farinha obtida nos grandes cestos de tampa pontuda que ficam no lugar de honra da casa, sobre o *uruhimbi*, a prateleira que encosta no canto encurvado do *inzu*. Eles serão retirados de lá no dia de fazer a cerveja.

Fazer a cerveja é mais rápido, leva um dia e uma noite. Coloca-se a farinha na tina; por cima, despeja-se água fervendo e mistura-se com uma espátula do tamanho de um remo. É preciso obter uma papinha clara, leve, adoçada. Dividimos essa papinha pelos jarros misturando com o fermento – *umusemburo* –, obtido a partir de plantas colhidas no mato (esse é um segredo que ninguém vai revelar) e vamos dormir ouvindo os sons e suspiros da cerveja fermentando nos grandes jarros pretos ao pé da cama dos nossos pais.

*

Depois só resta no campo a palha cortada e seca. Ela não é inútil como se poderia supor. Usam-na para renovar, reforçar e remendar as cercas, para fazer *mahubusis* – espantalhos –, que afastam, ao menos por algum tempo, os macacos que pegam as batatas-doces. É preciso proteger as batatas-doces; pois, durante a estação seca, ela é tudo o que sobra nos campos.

As mães que plantam carregando o filho nas costas também precisam de caules de sorgo seco. Quando o bebê fica pesado demais, elas colocam-no debaixo de um abrigo construído na beira da plantação. Com os caules secos, fazem uma moldura em cima da grama fresca. Com cuidado, elas forram o interior dessa moldura com folhas de bananeira e, depois, trançam um pequeno berço por cima, fora do alcance das cobras. Assim elas podem voltar à plantação, e o bebê fica ao abrigo do Sol e do olhar afiado das aves de rapina que espreitam a prole lá do alto.

O sorgo ainda guardava uma última surpresa para as crianças, elas sempre ganhavam alguma coisa. As férias começavam exatamente depois da colheita e, quando o campo ficava sem cultivo, virava uma fonte variada e inesgotável de brincadeiras, tanto para os meninos quanto para as meninas. Com muita habilidade e imaginação, a gente transformava os caules secos em todos os tipos de objetos, sempre os mais desejados. Entre eles, havia os óculos que os padres usavam. Eu conhecia bem os óculos. Como disse, meu pai tinha um par, ainda que não usasse em casa, a não ser para ler a Bíblia. Ninguém mais no vilarejo tinha. Muitos achavam que eram objetos reservados aos missionários; e que, com os óculos, eles liam os pensamentos e perseguiam até o fundo de nossas almas os pecados que tentávamos esconder. As meninas, como pede a boa educação, abaixavam a cabeça para evitar os olhares por detrás dos óculos, mas os meninos eram mais ousados: queriam também os óculos. Então eles observavam, estudavam os óculos. Na missa, essa tarefa não era simples, pois o padre ficava de costas para eles e, quando se virava para dizer que a missa tinha acabado, já tinha se afastado. Era preciso esperar que ele viesse inspecionar a lição de catecismo que

Rukema, o diácono, dava depois da aula. Os meninos fixavam o olhar sobre o rosto do missionário que lhes felicitava pela atenção dedicada, mas eles não estavam interessados no que o padre contava, e sim nos óculos!

Os meninos ficavam orgulhosos: agora sabiam como fazer um par de óculos. Eles cortavam dois finos pedaços da casca do caule do sorgo e faziam duas rodelas, talhavam duas pequenas varinhas para usar de haste e juntavam tudo usando o miolo macio e branco que fica dentro do caule. A ausência de vidro não incomodava ninguém, o importante era a armação. Os meninos passeavam com o ar sério, a barriga para frente, os óculos de sorgo em equilíbrio instável sobre o nariz, e nós os cumprimentávamos rindo: "*Abapadri! Abapadri!*".

Nós, meninas, fazíamos bonecas cortando o miolo do sorgo, um círculo para a cabeça, um cilindro para o corpo, pedacinhos para braços e pernas, três grãos de sorgo para o nariz e os olhos. Alguns galhos arrancados do caule serviam para o esqueleto. Mas, na boneca do sorgo, faltava o essencial: os óculos! Só as mais metidas tinham coragem de pegar emprestados os óculos dos meninos.

V
MEDICINA

Em nossa chegada a Nyamata, quando nos amontoaram nas salas de aula da escola primária, acabamos descobrindo que havia um posto de atendimento médico nas redondezas. Entre os desterrados, muitos estavam doentes: a comida desconhecida que recebíamos, o calor de Bugesera que as pessoas da região montanhosa de Butare não suportavam muito bem, a falta de leite que, para muitos, fora até então o alimento principal, a promiscuidade e a falta de higiene, tudo isso acabou produzindo cada vez mais casos de disenteria. Alguns acabavam morrendo, como os mais idosos e as crianças muito pequenas. No fundo de um pátio empoeirado onde as famílias tinham erguido suas barracas, havia uma velha construção colonial caindo aos pedaços: era o posto de atendimento médico. Como nós, o enfermeiro era um tutsi de Butare que tinha sido exilado um pouco antes. Chamava-se Bitega, e atribuímos a ele o título de doutor – *moganga*. Os doentes e os curiosos logo formaram uma fila para entrar debaixo do toldo de metal onde Bitega trabalhava. Mas logo se decepcionaram. Bitega só receitava dois medicamentos: comprimidos de aspirina e xarope para tosse. Um dia, era aspirina, noutro dia, xarope. O xarope era doce. O dia do xarope era das crianças. Eu ficava com os outros esperando, abria bem a boca quando chegava a minha vez, o empregado de Bitega enfiava na minha boca a única colher que distribuía o xarope para todo mundo. Muitos tentavam entrar na fila outra vez para uma segunda colherada. Mas não dava para enganar Bitega, que reconhecia de cara os trapaceiros.

Explorando o vilarejo, meu pai e seus amigos viram, atrás da praça do mercado, uma casa colonial que, assim como o posto de atendimento médico, também estava caindo aos pedaços. Eles conheceram o morador, era um veterinário, Gatashya, que cuidava de vacas. A descoberta deu o que falar entre os desterrados. Se alguém podia cuidar das vacas, o bem mais precioso de todos, então estava apto a cuidar dos homens. Assim, as filas que se formavam todas as manhãs na frente do posto de atendimento médico se deslocaram para a casa de Gatashya, o veterinário, mais exatamente para a frente do terraço coberto, ou a "barza", como diziam os colonos belgas. Mas Gatashya era um sábio que tinha uma confiança limitada nos próprios medicamentos e aconselhava os pacientes a recorrerem às plantas medicinais.

Stefania tinha a mesma opinião. Não confiava nem um pouco na eficácia dos comprimidos ou xaropes de Bitega. Ficava desolada de não poder mais confeccionar os remédios tradicionais que, dizia ela, eram os únicos que podiam combater as doenças que atingiam os ruandeses e, em especial, as crianças. Sempre que possível, primeiro em Gitwe, depois em Gitagata, ela replantava essa farmácia vegetal em torno da casa para poder tirar de lá as substâncias que entravam na composição de suas tisanas e unguentos.

*

Stefania não era uma dessas curandeiras que consultamos em casos graves, com esperança e medo, mas, como a maioria dos ruandeses, ela conhecia muitos medicamentos que ela própria confeccionava e aplicava, conforme o caso, com convicção e, me parece, no mais das vezes, com sucesso. Sua farmácia era feita de ervas, tubérculos, raízes, folhas de árvores da savana. Ela ensinava aos que queriam cultivar as plantas quais deveriam ser respeitadas e colhia, em seu jardim medicinal, as que usava para fazer os remédios.

Como boa mãe de família, mamãe tinha todos os tipos de receitas para enfrentar doenças e feridas que, cedo ou tarde, atingiriam os seus.

Para as pequenas queimaduras, era simples: cuspir sobre a pele queimada e pronunciar a fórmula *"Pfuba nk'ubwanwa bw'umugore* – não cresça aqui, queimadura, assim como (não cresce) barba nas mulheres". Outra opção era aplicar a seiva pegajosa da *uruteja* ou da batata esmagada, mas batata era coisa de rico, não era cultivada em Nyamata, vinha de Ruhengeri, da terra fértil próxima aos vulcões, a terra lá era tão fértil que a batata podia ter o tamanho de um melão. As *intofanyi* de Ruhengeri! Nós, crianças do campo, admirávamos de longe quando, em alguma ida para fazer compras na cidade, tínhamos de ficar esperando na casa de um funcionário da administração. De vez em quando, nos colocavam para esperar, apesar das reticências dos empregados e da Senhora da casa, em uma sala de estar: e as batatas estavam lá, as famosas *intofanyis*, atrás do mosquiteiro da dispensa que servia de aparador, elas ficavam bem à vista, no prato de flores vermelhas, "made in Hong Kong", as *intofanyis* pingando ainda com o óleo da fritura, testemunhas da riqueza do dono da casa, provocando o apetite do pequeno visitante.

De todas as partes do corpo, os pés eram os mais expostos aos machucados. Caminhávamos descalços e, ao voltar para casa depois da aula, ainda íamos buscar água ou lenha seca e, em geral, éramos surpreendidos, no caminho de volta, pela noite que, em Ruanda, chega sempre, em qualquer época do ano, às seis da tarde. Estava escuro e, como tínhamos que manter a cabeça bem reta para não deixar cair a lenha ou o jarro de água, os dedos do pé pisavam nas pedrinhas e se esfolavam nos barrancos. Ao chegar a casa, meus pés estavam sangrando, as unhas quebradas, arrancadas. Quando Alexia vinha comigo, sempre chegava com os pés intactos, sem qualquer arranhão, era como se tivesse sobrevoado os buracos ou as pedras do caminho. "Alexia tem dedos que enxergam, dizia mamãe. Já os seus e os de Julienne (pois os pés de Julienne ficavam no mesmo estado em que os meus) não veem nada, mas vou ensiná-los a ver". E, depois do jantar, no breu da noite, Stefania tentava ensinar nossos dedos do pé a enxergar. Ela fabricava uma tocha com galhos secos e varria o chão com a chama bem na frente dos nossos dedos. Ela dizia a eles, principalmente aos dedões que ficavam mais expostos aos perigos da estrada: "Abram os olhos! Que, a partir de agora, vocês possam enxergar à noite e conhecer o caminho". Mas os dedos do pé insistiam em não ver nada, os olhos dos dedos não se abriam. Mamãe não desanimava, ela me aconselhava: "Quando você estiver caminhando, deve se dirigir ao coração, ele vai espalhar luz por todo o seu corpo. Assim, diga a ele para lembrar aos dedos do pé para olharem por onde pisam. Seu coração vai dizer aos dedos: 'É noite. Abram os olhos. Eu vejo o que está à frente; vocês devem ver o que está embaixo'". Mas não adiantava nada, meus dedos não queriam ouvir. Sempre retomávamos o ritual: saíamos ao pátio, tomávamos a trilha estreita que levava até a estrada. À nossa frente, mamãe caminhava de costas, toda encurvada: a chama da tocha quase lambia os dedos do pé. Algumas noites, chegávamos a mergulhar os pés no estrume, em busca do lugar mais escuro, onde os olhos dos dedos seriam obrigados a se abrir, como esperava Stefania. Mas nem as reprovações de Stefania nem a chama nem as trevas do estrume convenceram os dedos a abrirem os olhos. Eles permaneceram fechados para sempre. Mamãe se preocupava com nosso futuro: "Com pés desse jeito, suspirava, fico me perguntando quem vai querer casar com vocês quando chegar a hora".

Tenho a impressão de que a maldição que minha mãe não conseguiu afastar ainda pesa sobre os meus pés e fico apreensiva, ansiosa, quando tenho de comprar sapatos novos: tenho medo de que a vendedora (ou até os clientes) possa olhar os meus pés com surpresa ou, pior, com alguma maldade ou desprezo. Ainda bem que existem esparadrapos que escondem os defeitos.

Também era normal, principalmente para as meninas, se machucar trabalhando nas plantações. Em pouco tempo de trabalho, alguém batia a enxada no pé ou na perna. Segundo minha mãe, era preciso, na mesma hora, colocar terra dentro da ferida, não a terra seca e poeirenta onde pisávamos, mas a terra escura e úmida que dá vida aos grãos; depois, se necessário, colocávamos sobre o machucado a *umutumba*, um tipo de tutano que tem no interior do tronco das bananeiras. Se a ferida ainda não tivesse fechado, havia outro tratamento: secar algumas folhas de *nkuyimwonga*, uma planta com flores malvas, transformá-las em pó na pedra de moer e espalhar sobre a ferida.

Se a ferida infeccionasse, era preciso recorrer a "métodos sérios". Um desses "métodos sérios" era o *kalifunma*, um pó amarelo, misterioso que, diziam, vinha de Zanzibar. Podia ser comprado com os *magendus*, farmacêuticos ambulantes que vendiam todos os tipos de substâncias de uso medicinal e de remédios que, como garantiam, vinham de Zanzibar. Mas, nos casos mais urgentes, havia o *muriro*, o fogo, que também era comprado com o *magendu*. Era uma pedra azul que, no contato com o fogo, se transformava em pó. Ao colocá-lo no machucado, doía muito, era como se pegasse fogo. O *muriro* era sempre a última opção. Só de ouvir esse nome, eu já ficava apavorada.

Lembro-me que, uma vez, minha mãe usou o *muriro* na Muberejiki, filha de Judith, minha irmã mais velha. Na época, ela devia ter uns três anos e estava com um machucado grave no calcanhar. Minha mãe estava com medo de gangrenar. Vendo o estado da neta, decidiu que não dava para esperar, que somente o *muriro* poderia curá-la, e que ela corria o risco de perder a perna inteira. Mas antes de colocar o pó, minha mãe fez vários sinais da cruz invocando o grande mestre dos Espíritos, Ryangombe, que os padres descreviam como o próprio diabo: "*Ryangombe rya ya data! Ryangombe rya data!* Ryangombe, o deus de nossos pais". Morrendo de medo, Julienne e eu cobríamos o ouvido para não ouvir os berros de Muberejiki que Antoine tentava segurar. Até hoje ainda escuto os gritos dela...

Será que Muberejiki foi curada graças à virulência do *muriro* ou ao poder terapêutico de Ryangombe? Eu não saberia dizer.

*

Mas a preocupação diária de mamãe, como, aliás, de todas as mães ruandesas, era com os vermes intestinais que, segundo ela, minavam a saúde frágil das crianças. Uma barriga inchada – sem dúvida por falta de nutrição – era para ela o sintoma óbvio da presença de parasitas. Como vermífugo, eram usadas folhas de *umubirizi*. Essa planta deveria estar sempre ao alcance da mão, pois era eficaz para muitas doenças. Quando se construía uma casa, a primeira planta a ser cultivada deveria ser o *umubirizi*, com o *umuravumba*, que também tinha a reputação de solucionar muitos problemas de saúde. Para preparar o *umubirizi*, era preciso extrair um suco das folhas apertando-as com as mãos. Ao diluir na água, o resultado era uma poção bem amarga. Talvez a reputação de remédio milagroso fosse por causa desse amargor. As crianças morriam de medo do dia em que teriam de engolir o *umubirizi*. As mães vigiavam aflitas o potinho que guardava o vermífugo, temendo que algum feiticeiro se aproximasse do valioso remédio.

Mas, no fim, contra esses inimigos invisíveis, recorria-se sempre a uma lavagem intestinal. Faziam uma infusão com uma planta trepadeira que era bem comum, a *umunkamba*, e depois coavam.

Também não era muito difícil fazer um clister. Bastava cortar o caule oco de uma abóbora. Depois de tirar a pele, como se faz com os aspargos. Nada é mais macio do que esse tubo vegetal flexível inserido no bumbum do bebê. A mãe enche a boca com o vermífugo e depois sopra o caule, esperando que seu rosto fique, para sua alegria, todo estrelado de respingos cor de mel. Essa é a confirmação de que o vermífugo funcionou.

A sessão de lavagem não acontece em um lugar reservado. Pelo contrário, é apenas o pretexto para um encontro alegre de mulheres. É também uma das ocupações de domingo à tarde. Quando o Sol começa a cair, as mães se instalam no quintal. Vestem uns aventais feitos com as grandes folhas de bananeira. As crianças, até os seis anos, ficam em fila de acordo com o tamanho e esperam, um pouco angustiadas, chegar sua vez. As mães apalpam o ventre de cada criança e dosam a quantidade de vermífugo a insuflar: é preciso ter fôlego no caso dos que estão com o ventre muito estendido. As mães riem e se felicitam quando um esguicho marrom borrifa o avental verde.

De todos os sofrimentos vividos com a deportação e o exílio, um dos piores para as mulheres era não poder cuidar dos filhos como antigamente, como elas sempre viram as próprias mães fazerem. Em Nyamata, no pátio empoeirado da escola, era impossível encontrar as folhas benfazejas do *umubirizi*, e o mato seco de Bugesera só tinha plantas desconhecidas, cujos poderes e perigos eram ignorados. Quando chegaram a Gitwe e Gitagata, as mulheres tinham, antes de mais nada, de arrumar um jeito de não morrer de fome antes de poderem voltar a cultivar as plantas medicinais e abóboras que constituíam a farmácia natural ruandesa. As mães de família estavam desesperadas. Seus filhos tinham o ventre fervilhando de cobrinhas que consumiam tudo por dentro. Certamente, a saúde deles estaria comprometida para sempre. Minha mãe tinha certeza de que Julienne, que nascera em uma sala de aula em Nyamata e não recebera as lavagens salvadoras, teria a saúde fraca para sempre.

Porém, um instrumento esquisito circulava entre as famílias: um *umupila*. Em kinyarwanda, esse termo se referia a todo objeto que não tem uma forma própria: um balão, uma câmara de ar, um pulôver. O *umupila* dessa vez era um objeto para lavagem intestinal em formato de pera. Talvez o nome tenha sido dado por um padre missionário, talvez o utensílio tivesse sido comprado por um "civilizado" numa das raras lojas do mercado de Nyamata, onde podiam encontrá-lo, com dificuldades de ser vendido, entre alguns maços de cigarro e quatro garrafas de Fanta laranja. A pera para lavagem não teve sucesso. Minha mãe se recusava abertamente a usar esse instrumento cujo bico duro demais só poderia machucar a pele tão macia e delicada dos bebês. Além disso, o *umupila* não permitia sentir na própria pele o resultado da operação. Poderia alguém ser considerado uma mãe de verdade sem sentir o resultado da lavagem na própria pele?

Quando André voltava do colégio e se esforçava para obrigar Stefania a adotar um modo de fazer a operação que fosse mais "civilizado", ela respondia:

"*Musemakweri*! Você não é meu filho? Está querendo me ensinar alguma coisa? Por acaso eu não comi a sua caca?".

*

A caca do bebê, amarela como a dos pardais, se chamava *ubunyano* e era importante não só pelos laços que estabelecia entre a mãe e o filho, mas entre o recém-nascido e as outras crianças do vilarejo. *Ubunyano* era também o nome da festa que celebrava, depois do nascimento do bebê, a primeira vez que ele saía de casa. Era um tipo de cerimônia de purificação, mas sobretudo uma festa para as crianças da vizinhança.

Só participei uma única vez da festa, na casa da vizinha Marie-Thérèse, que tinha acabado de dar à luz um menino depois de ter tido várias filhas. Mamãe não aprovava a festa, achava "muito pagã". Além do mais, ela não suportava ver seus próprios filhos comendo a caca do bebê da vizinha, ainda que fosse, de certa forma, um gesto mais ou menos simbólico: a caca era um laço de família entre a mãe e o filho. Não podíamos, contudo, recusar o convite de uma vizinha tão próxima; então, antes de ir à festa, mamãe me fez longas recomendações que poderiam se resumir na seguinte frase: "Não toque em nada!".

Na manhã da festa, todas as mulheres foram à casa de Marie-Thérèse preparar a comida que seria oferecida às crianças. Fizeram feijão e, sobretudo, batatas-doces, as melhores, com a polpa branca e farinhenta. A refeição principal da festa, o *ubunyano*, foi servida à noitinha, quando o Sol se tornara vermelho já quase se pondo por detrás das bananeiras. Então, todas as crianças de Gitagata foram para a casa de Marie-Thérèse. Sentaram-se nas esteiras que estavam dispostas em círculo no pátio. As mães se sentaram atrás de nós. Não havia homens, o *ubunyano* não lhes dizia respeito. No meio do círculo de mulheres e crianças, havia uma esteira grande. Ficamos aguardando. Depois de um tempo, quando a Lua já estava no céu, Marie-Thérèse veio com o bebê e se sentou no meio na grande esteira. Ela apresentou o bebê para as crianças e mulheres do vilarejo e, mesmo as que já o conheciam, que tinham ajudado no parto, fingiam, admiradas, que era o primeiro contato com ele. Diziam-nos que os recém-nascidos eram penteados pela Lua e, realmente, ali eu vi, na cabecinha do bebê, que o astro tinha deixado o cabelo em forma de meia-Lua, à sua semelhança.

Então, na grande peneira que era usada para o sorgo, trouxeram o feijão, a batata-doce e, debaixo desses alimentos, todos fumegantes e com cheiro bom, estava – tinham nos convencido disso – toda a caca do bebê desde o seu nascimento. E era por esse motivo que – contrariando os bons modos – deveríamos, antes de comer, mergulhar as mãos no montículo apetitoso. As crianças entendiam confusamente que provar o *ubunyano* do recém-chegado era um gesto de acolhimento, de reconhecimento dele como um irmão que deveríamos proteger, ajudar a crescer e ensinar a fugir das ameaças mortais que pesariam sobre ele. Afinal tinha tido o azar de ser, como nós, um tutsi.

Nunca soube se havia de verdade alguma matéria fecal do bebê de Marie-Thérèse debaixo do feijão e das batatas-doces. De todo modo, isso não desencorajava em nada as crianças no dever de esvaziar a grande peneira. Eu não tive coragem de enfiar a mão no *ubunyano*. Pesava em minha consciência a vigilância reprobatória da minha mãe, e só conseguia ficar olhando, com resignação e lamento, meus colegas que se fartavam com o banquete.

Quando a comida acabou, as crianças, isto é, as meninas, pois os meninos sempre são considerados desajeitados, receberam a autorização para se sentar ao lado de Marie-Thérèse e do bebê. Elas esticavam as pernas e estendiam os braços para receber o bebê, que ia passando de mão em mão. Infelizmente, não tive o privilégio de receber o bebê em meus braços: não confiavam em mim, pois eu já tinha quebrado muitas cabaças indo buscar água.

Já no dia seguinte, Marie-Thérèse colocava o bebê nas costas e passava, orgulhosamente, de casa em casa, antes de ir para o campo. A partir daí, o bebê já podia sair de casa: ele tinha sido adotado pelo vilarejo.

*

No entanto, apesar de conhecer as virtudes de tantas plantas, apesar dos feitiços que sabia proferir do modo certo, apesar das substâncias exóticas do *magendu*, mamãe tinha certeza de que nos faltava a fonte da vida, que nos protegeria das desgraças e das doenças, que nos deixaria imunes contra o veneno, que afastaria as maldições. É claro que estou falando do leite – *amata* –, riqueza suprema e delícia do criador! Só podia ter sido por escárnio – e cada vez que pronunciávamos essa palavra, sentíamos um gosto amargo na boca – nossa deportação para um lugar chamado Nyamata – *nya-amata*, o país do leite! O país mais estéril de todos, onde o gado magro dos *bageseras* morria de doenças e de sede.

Assassinaram nossas vacas e queimaram nossos veados nos estábulos. Ainda podemos ter a dignidade de um homem se não temos mais o nosso gado? O que fazer na vida se não podemos mais levar as vacas para pastar, ou chamar cada uma pelo seu nome, ou pentear o pelo delas, todas elas, uma depois da outra, ou se não podemos examinar os cascos para limpar as pedras e espinhos, se não murmuramos palavras carinhosas ao pé do ouvido do nosso bezerro preferido e se não podemos elogiá-las na frente de todo mundo? Como selar uma amizade sem prometer uma vaca? Como casar um filho sem dar como dote um bezerro perfeito? Podemos ter orgulho do *inzu* se ele não exala o perfume do leite coalhado e da manteiga rançosa, se a mãe de família não pode balançar a batedeira arredondada?

Mamãe me mandava com Julienne para comprar leite com os *bageseras*. Para isso, precisávamos vender no mercado nossos melhores cachos de banana. Nós trazíamos o leite – tão pouco leite! – em uma pequena moringa onde ficava a manteiga, pois não tínhamos mais os potes de madeira de eritrina que são os únicos recipientes dignos de conter a bebida preciosa. Mamãe fazia a gente tomar um gole, ela tomava também e deixava algumas gotas no fundo do potinho. Ela colocava o pote ao pé da cama, sobre um tapete de ervas finas, o *ishinge*, e, todas as manhãs, diante do potinho que continha a gota de leite, ela pedia ao elixir da vida para proteger a sua família.

VI
O PÃO

Em Nyamata, o pão inicialmente era considerado um medicamento. Um remédio para as crianças com uma doença grave, um último recurso, quando todos os outros remédios já tinham sido usados, as lavagens, as plantas do jardim medicinal ou as plantas do matagal, as substâncias de uso medicinal do *magendu* e até os produtos exóticos e raros que os brancos tinham trazido, o arroz e o chá, que supostamente faziam curas milagrosas. Se nada disso funcionasse, se nenhuma melhora fosse constatada, a última opção era dar o pão ao pequeno moribundo. Mas não havia pão em Nyamata, era preciso ir a Kigali comprar. Então, papai ia até a capital. Não era uma viagem curta, levava dois dias para ir, dois dias para voltar. Em Kigali, papai não ia à padaria dos gregos. Ela era para os brancos e seus empregados que bem cedo faziam fila para comprar torradas e brioches para o café da manhã dos patrões. Para comprar um único pão dos gregos seria necessário quase todo o dinheiro da colheita do café. Papai ia ao mercado. As mulheres vendiam lá um pão que elas mesmas preparavam. Eram pãezinhos arredondados, cabiam na palma da mão, com o miolo pastoso e colante que parecia um pãozinho de mandioca. Papai não negociava, não se negocia o pão que vai curar o próprio filho. Ele comprava quatro pãezinhos e, em seguida, voltava para

Nyamata com a esperança de que o pão tão precioso salvaria o pequeno doente.

*

Um belo dia, o pão chegou a Nyamata levado pelas mãos de Nyirabazungu, a 'Mulher-dos-brancos', ou, dito de outro modo, *kilimadame*, a 'quase-madame'. Nyirabazungu, como indica o nome, trabalhava em Kigali na casa de *bazungus* – na casa de 'brancos'. Ela cuidava dos filhos de uma madame. Mas ela também dispunha de seus próprios recursos, se é que posso dizer isso de uma mulher. A prova é que tinha vários filhos de pais desconhecidos que eram criados pela avó em Nyamata. Isso não era muito bem-visto no vilarejo, pois consideram que filhos de pais desconhecidos trazem azar.

Graças às suas atividades diversas, Nyirabazungu tinha conseguido juntar um pequeno pé de meia que lhe possibilitou se estabelecer em Nyamata. Quando chegou, ela deu o que falar. Os homens, isto é, os funcionários da administração local e os professores com algum dinheiro tinham olhos só para ela. As mães de família se ofendiam com os seus modos de mulher livre que, segundo elas, em breve começariam a pôr em risco os casamentos. Nós, meninas, admirávamos o jeito dela andar e se vestir. Era como se toda a capital, Kigali, tivesse vindo até nós. Tentávamos caminhar desfilando, mas não dava para rivalizar com as curvas dela. Invejávamos seus panos coloridos, os sapatos de salto ato. O jeito como ela amarrava o pano na cabeça era inimitável, se chamava *Sinabwana*, A-mulher-que-não-tem-homem. Realmente ela era a *kilimadame*, a 'quase-madame'! Se estávamos convencidas de que só uma branca poderia se chamar madame, ao menos em Nyamata podíamos nos orgulhar de ter a nossa 'quase-madame'!

Kilimadame abriu uma loja no mercado de Nyamata. Como todas as lojas, a dela vendia cerveja, a incomparável Primus, Fanta laranja, Fanta limão, maços de cigarro, sabonete... Mas na loja de *kilimadame* havia também pão – e isso era uma revolução em Nyamata. *Kilimadame* tinha aprendido a fazer pão observando as mulheres no mercado em Kigali. Atrás da loja, ela tinha construído um forno onde ela colocava as bolinhas de massa branca que saíam de lá com uma cor bela de erva seca. Cândida e eu adorávamos observar *kilimadame* sovando e dividindo a massa, moldando o pão. E não éramos as únicas admiradoras. Sempre havia muitas crianças sentadas ao redor do forno de *kilimadame* e, quando ela retirava os pãezinhos, acompanhávamos as delícias com o olhar e, mesmo sem comer, só de ver as formas arredondadas, já éramos transportadas para outro mundo, para além de Nyabarongo, um mundo mais feliz a que não pertencíamos.

A loja de *kilimadame* prosperou, cresceu e virou um "hotel". Um hotel em Ruanda não é onde alugamos um quarto para dormir, e sim um bar que vende cerveja, espetinhos e até, de vez em quando, comida "civilizada", isto é, feita com óleo de palma. Os homens – respeitáveis – se encontram lá à noite. Eles sempre contam as mesmas histórias do vilarejo e comentam as novidades da capital. Em geral, é um tédio. Mas para ser um homem de verdade, alguém importante no vilarejo, é preciso ir lá. Graças à *kilimadame*, Nyamata estava, a passos largos, se tornando civilizada, mas essas inovações não conseguiram ameaçar a solidariedade da comunidade de desterrados nem trazer a discórdia para dentro das famílias.

É claro que só alguns poucos podiam comprar pão. Eram professores, entre os desterrados, e dava para contar nos dedos de uma só mão quantos eram, os que tinham casado a filha com brancos, os que por acaso tinham um filho ou uma filha que ficara "em Ruanda" e achara um trabalho por lá. Eles se orgulhavam, filhos de privilegiados, e comiam seu pãozinho na frente dos outros, comiam lentamente, levando o tempo que fosse, mastigavam o miolo ostentando, se recusavam dividir ou dar uma provinha, mesmo que poucas migalhas, aos colegas que, decepcionados e infelizes, fingiam não ver. Depois de um tempo, o hotel de *kilimadame* começou a jogar uma suspeita sobre os homens que se voluntariavam a ir vender galhos secos ou um cacho de bananas no mercado de Nyamata. Será que eles trariam para casa, como deveria fazer um bom pai de família, todo o resultado da venda ou gastariam uma parte, uma boa parte, na loja da *kilimadame*, bebendo cerveja, comendo na frente de todos um espetinho e, talvez, o que era o cúmulo da gula e do egoísmo, saboreando sozinho um pedaço de pão! Stefania vigiava os homens de Gitagata. Ela classificava alguns na categoria odiada de "gulosos", que era considerado pecado capital em Ruanda, sobretudo para um homem. "Ainda por cima foi comer pão na *kilimadame*", murmurou quando surpreendeu um vizinho que voltava para casa um pouco mais tarde do que o costume. Dizer que um homem ia "comer pão na *kilimadame*" equivaleria, para as mulheres, a uma traição bem mais grave do era possível imaginar, ao menos para nós, miniespectadoras sentadas ao redor do forno de assar pão.

*

O pãozinho de Nyirabazungu, aliás, *kilimadame*, se tornou, como era de se esperar, a recompensa suprema para os bons alunos, reservada ao primeiro aluno da turma. As mães vendiam tudo o que elas podiam, banana, feijão, amendoim, para juntar um pequeno tesouro que estava sempre guardado com elas, no nó do pano, e que um dia lhes permitiria comprar o pãozinho que se tornara o prêmio para o melhor aluno da turma. Nenhuma mãe duvidava, e Stefania menos ainda, que um dia um de seus filhos seria escolhido o primeiro da turma, o único medo era que houvesse muitos filhos escolhidos ao mesmo tempo e, nesse caso, elas não tivessem dinheiro o suficiente para pagar a cada um o pão merecido.

Ao fim de cada trimestre, anunciavam solenemente os resultados. A cerimônia acontecia no grande pátio da escola, onde, alguns anos antes, tinham instalado os deportados, e onde, numa das salas de aula, Stefania dera à luz Julienne. Mas, no dia em que anunciavam os resultados, cada um tentava esquecer as lembranças ruins e só prestar atenção nos professores que, munidos de uma lista, aguardavam o sinal do diretor. Os professores ficavam no meio do pátio, os alunos em círculo ao redor, os parentes atentos e tensos se apertavam atrás de seus filhos, as mães seguravam os nós dos seus panos, onde estavam guardadas as moedas e algumas notas, que elas esperavam desatar em benefício do filho ou da filha em que elas depositaram todas as esperanças. Já os pais se apoiavam no cajado que eles usavam para ameaçar os filhos que estivessem entre os três últimos colocados.

O primeiro da turma ficava orgulhoso, talvez não realmente por conta das notas, mas por ter o privilégio de comprar, com as moedas que a mãe lhe dava tremendo de emoção, o pãozinho na loja de *kilimadame*. Um bando de crianças ia atrás gritando. Ele se sentava com o pãozinho na entrada de casa, bem à vista de todos. Ou então, escolhia um lugar estratégico, em cima de um montinho, onde todos pudessem admirar, sobretudo, o pãozinho que ele segurava durante um bom tempo antes de provar. Ele o saboreava migalha por migalha. Mais do que o miolo mole e insípido, ele ficava um bom tempo saboreando a admiração cheia de inveja dos colegas.

Eu também tive direito a um pãozinho de *kilimadame*. Foi uma vez, uma única vez. Estava no quarto ano primário, na turma da Rose. Assim que a professora disse meu nome, fui até minha mãe que desamassou, chorando de emoção, as notas que estavam enroladas no nó de seu pano, e eu literalmente voei por cima do bosque de eucaliptos que separa o pátio escolar do lugar onde ficava o mercado e a loja da *kilimadame*. Mas quando estava com o pão tão desejado em mãos, fui incapaz de comer sozinha, como uma gulosa; separei metade para a minha mãe e outra metade para dividir com Jeanne e Julienne. Também guardei um pedaço pequenino para Cândida, minha amiga, que apesar da dedicação ao trabalho nunca tinha conseguido a recompensa suprema.

*

Mesmo em Kigali, lugar dos "civilizados", o pão conservara seu prestígio. No liceu Nossa Senhora de Cister, as alunas não tinham direito ao pão; no café da manhã, em vez de pão, comiam mingau cheio de besouros. Só tinha pão uma vez ao ano, na festa de São Nicolau. Ah, a festa de São Nicolau! Desde a volta às aulas, esperávamos impacientes por esse dia, as mais atrevidas chegavam a perguntar às irmãs se a festa de São Nicolau estava perto. Ninguém tinha ideia de quem era esse tal santo Nicolau, para nós a festa era o dia do pão. E que pão! Cada uma ganhava um brioche em forma de boneco, que nos aguardava no prato no refeitório. Naquele dia não era a cozinheira, que me perseguia, quem dividia os pedaços, assim eu tinha certeza de que meu pedaço seria igual ao das outras. Ah, a festa de São Nicolau! Algumas até fingiam, oito dias antes da festa, estarem doentes, pois os doentes ganhavam um pedaço a mais e podiam saborear o boneco Nicolau na cama, na enfermaria, com mais tranquilidade. Na semana antes da festa, sentíamos subir da cozinha da irmã Marta um cheiro tão delicioso que não dormíamos mais. Parecia até que a irmã Marta tinha incorporado a cor dourada dos brioches que ela preparava, como se suas bochechas tivessem se impregnado com a gordura da manteiga que se espalhava pela cozinha na véspera do dia de São Nicolau, tal como o leite e o mel no país de Canaã, cujas vantagens eram vangloriadas pelos padres, religiosos e pela Bíblia de papai. Meu único lamento era não poder levar um pedacinho do boneco de São Nicolau para as minhas irmãs e para a minha mãe. A festa acontecia bem antes das férias e o brioche estragaria. Eu me contentava em contar para as minhas irmãs sobre as delícias de São Nicolau.

*

Quando entrei na Escola de Serviço Social em Butare, fiquei surpresa de constatar que os alunos comiam pão no café da manhã. Então, quer dizer que o pão nosso de cada dia que pedíamos a Deus em nossa prece existia. Os padres não tinham nos enganado! Lamento muito ter sido expulsa tão cedo da Escola de Butare, que foi o único refúgio que conheci em minha juventude! Não quero repassar as lembranças dos meus colegas hutus, rapazes da turma da escola, perseguindo a mim e aos outros tutsis para nos matar... Eu já escrevi sobre isso... Uma semana antes das férias, guardava com todo o cuidado os pãezinhos para levar para Stefania. No dia da viagem para Nyamata, eu tinha seis pãezinhos na mala. Eu guardava bem no fundo, debaixo da saia plissada azul e do vestido cor-de-rosa. O vestido cor-de-rosa era um presente de Cândida que ela ganhara da irmã mais velha, à força de favores e chantagens. Já a saia plissada azul, eu tinha comprado no mercado de pulgas de Kigali com o dinheiro ganho com a minha bananeira. Mamãe dava a cada um dos filhos uma pequena árvore e o resultado da colheita era a nossa mesada. A saia plissada azul era como um sonho, eu tinha visto a senhora ministra da Condição Feminina usando uma dessas quando visitou o liceu Nossa Senhora de Cister. Ela tinha estudado na Escola de Serviço Social, onde eu entraria um dia, talvez eu me tornasse ministra também, então precisava de uma saia de ministra! Acho que a saia me custou quinze francos ruandeses – não deve chegar nem a um euro. Já ia me esquecendo: na mala havia também uma camiseta com um desenho de um rato com orelhas grandes. Só, bem mais tarde, disseram que era o Mickey. Não me lembro se era para usar com a saia de ministra. Eu estava apressada para chegar a casa e dar os seis pãezinhos para a mamãe.

Nunca vi Stefania comer um dos meus pães. Ela pegava os pãezinhos como se fossem preciosidades, segurava com tanto cuidado e respeito quanto o padre que leva o santo sacramento e os guardava na mala que Judith, sua filha mais velha, que tinha estado na capital, trouxera-lhe junto com uma camiseta branca de náilon como a que a professora, Patrícia, tinha conseguido comprar, sozinha. Ela me dizia toda feliz: "É para as crianças".

As crianças de Gitagata sabiam que Stefania tinha pão... Elas vinham todas as manhãs. Minha mãe dizia: "Venham, crianças, venham se sentar aqui". Ela pegava na mala o pãozinho, em geral com pequenas manchas brancas de fungo. "É a barba de Moisés", riam as crianças que iam ao catecismo. Stefania limpava a barba e distribuía o pão. O miolo estava todo manchado de veios esverdeados, o que não atrapalhava em nada o entusiasmo e a gratidão de todos. "Agora, dizia Stefania, está na hora de ir para a escola: prometam que vão estudar bastante". Às vezes, as crianças vinham de longe, de Gitwe, de Cyohola, de outros vilarejos, e diziam: "Stefania, cheguei primeiro, cheguei primeiro". Stefania corria até a mala onde sempre havia um pedacinho de pão mofado.

À noite, no pátio, eu e minhas irmãs olhávamos o firmamento. "Firmamento" era uma palavra que tínhamos aprendido com os padres. Eu adorava essa palavra, ficava repetindo-a na cabeça. O firmamento para nós eram as pequenas nuvens que flutuavam ao redor da Lua, como flocos dourados. Essas nuvens do firmamento só poderiam ser pãezinhos maravilhosos que nos esperavam no céu sobre as nossas cabeças, ou no céu sobre o qual os padres falavam tanto. Não importa qual deles, nós tínhamos certeza de que haveria no céu pães mais gostosos e menos caros do que os que eram vendidos na loja da *kilimadame*.

VII
A BELEZA E OS CASAMENTOS

O terceiro mandamento de Deus proibia trabalhar aos domingos. A proibição valia para a parte da tarde, pois de manhã tinha a missa. Ir para o campo ou fazer trabalhos domésticos maiores constituíam uma ofensa grave ao Senhor, isso era o que tínhamos aprendido, e, se desobedecêssemos ao mandamento, Ele poderia surgir, por cima das nuvens negras, ardendo de cólera e rodeado por línguas de fogo, como nas imagens que os padres mostravam na missa. Mesmo que a ameaça parecesse, para alguns, um pouco exagerada, todo mundo acreditava que não dava para escapar aos olhos de Deus. Na igreja, tínhamos visto o olho dele, sempre aberto. Deus era apenas um olho. Um tipo de vigilante universal que não precisava de prefeito nem de líderes de comunidade. E, para nos convencer, todas as quartas, no catecismo, nos faziam repetir em coro: "*Mungu aba hose, abona byose, yumva byose, kandi azi byose* – Deus está em todo canto, ele vê tudo, ele ouve tudo, ele sabe de tudo".

Assim, os moradores de Gitagata tinham uma tarde longa para ocupar. Os homens iam de casa em casa buscando um jarro de cerveja de sorgo. Paravam na entrada de cada terreno cercado e levavam um bom tempo conversando. Se a dona da casa tivesse preparado cerveja, ela os convidava. Eles só voltavam para casa à noite.

As mulheres também visitavam umas as outras, mas, para elas, domingo à tarde era dedicado a cuidar da beleza. Infelizmente, em Gitagata ninguém tinha mais o produto universal que dá a maciez ao bebê, que torna a pele das crianças e das moças lisa e brilhante, que mantém o penteado das mulheres, que conserva a juventude dos homens: o *ikimuri* – a manteiga de vaca. Em Gitagata, já não tínhamos mais vacas e nem meios para comprar um pouco dessa manteiga da beleza com os *bageseras*. Não ter *ikimuri* era, para as mães, uma das piores coisas do exílio. O que aconteceria com os filhos sem essa pomada da juventude que dava ao corpo força e beleza? Alguns anos depois, quando a venda do café nos possibilitou ter algum dinheiro, comprávamos na loja minúsculos frascos de óleo de amendoim, que estava longe de ter a força do *ikimuri*. As mães se contentavam em massagear os bebês e raspar a cabeça dos meninos e das meninas, deixando em cima da testa apenas um tufo bem redondo.

Mais tarde, quando já éramos adolescentes e podíamos, enfim, deixar o cabelo crescer, passávamos a tarde de domingo catando piolho. O ritual acontecia no quintal, atrás da casa, pois era preciso esconder dos passantes, ao menos dos homens, essa operação íntima. As vizinhas e amigas da minha mãe podiam vir: não tínhamos nada a esconder delas. Como disse, o quintal é um espaço das mulheres. É lá que fica a cozinha, debaixo de um toldo de palha, protegida do vento por paredes de terra batida. As mulheres se encontram lá, conversam assando espigas de milho. Elas não permitem que os homens entrem, pois eles não têm nada a fazer ali.

Assim, minha mãe se sentava sobre um montinho, na sombra do grande pé de café que servia de guarda-sol. Julienne, Jeanne e eu sentávamos no chão, bem embaixo dela. Eu sentia minha mãe enfiando os dedos no meu cabelo desgrenhado. Na maioria das vezes, acho que não tinha piolho, mas os dedos maternais levavam uma eternidade percorrendo a espessura da minha cabeleira e, para mim, era como um longo afago.

A sessão de catar piolho durava até a noite, pois era interrompida várias vezes para olhar o feijão que cozinhava ou vigiar os macacos sempre prontos a roubar nossas plantas, isso para não falar das conversas com as vizinhas. Passávamos por vários momentos enquanto o Sol ia declinando. Quando os raios nos expulsavam do montinho, íamos para perto do celeiro que armazenava o sorgo e, quando o Sol se punha, nos mudávamos para baixo de uma bananeira, perto de onde secava a mandioca.

*

Quando não estavam catando piolho, as mulheres de Gitagata – e outras que vinham até de mais longe – passavam as tardes de domingo conversando com

Stefania sobre as jovens em busca de um casamento. Mamãe era uma casamenteira de mãos cheias. As opiniões dela sobre essas moças contavam muito nas decisões das matriarcas que buscavam uma esposa para os seus filhos. Elas se sentavam no montinho debaixo do pé de café. Stefania recapitulava para a eventual sogra as qualidades e defeitos que via na jovem que pretendia se casar. Ela era de uma família respeitável? As maneiras e atitude dela demonstravam uma boa educação? Era trabalhadora, não hesitava em pegar a enxada? Apresentava sinais de fecundidade? Sua beleza, é claro, também passava por um exame minucioso: ao caminhar, o seu balançado seria, como na canção, tão cheio de graça como o balançado das vacas? E seus olhos, tinham o charme irresistível de uma bezerra? Ela andava com a mesma majestade? Dava para ouvir, quando ela passava, o barulho suave das coxas roçando umas nas outras? Suas pernas eram cobertas de uma fina rede de estrias?

Satisfazer aos padrões da beleza ruandesa não era tarefa simples! Esse era o tema preferido das conversas de domingo. Enumeravam as jovens de Gitwe, de Gitagata, de Cyohoha, que estavam prontas para casar seguindo rigorosamente as casas de Tripolo. Detalhavam as qualidades e os defeitos de cada candidata, sobretudo os defeitos. Em *kinyarwanda* isso se chama *kunegurana* e dá vontade de rir. Na condição de juiz imparcial, Stefania não mencionava o progresso que tinha notado em algumas. Nenhuma era definitivamente condenada, sempre havia a possibilidade de uma repescagem.

As jovens em busca de marido conheciam a influência que minha mãe podia ter sobre o seu projeto de casamento. Desse modo, elas arrumavam qualquer pretexto para entrar em nosso quintal e desfilar diante de Stefania, esperando serem analisadas por ela. Para passar diante do nosso grande pé de café, as moças se arrumavam para ficar ainda mais belas do que quando iam à missa. Era um verdadeiro concurso de beleza, um desfile de moda. Discretamente, elas espreitavam minha mãe esperando perceber algum sinal de aprovação. As felizardas eleitas sabiam bem que não teriam dificuldades para encontrar um marido.

Eu também tinha um papel importante nos negócios casamenteiros. De agente duplo. Em geral, as meninas são confidentes das moças que vão se casar. Quando estas vão tomar banho atrás do bananal, as meninas vão junto para esfregar as costas delas. Ficávamos à disposição para conversar e, logo, chegávamos às confidências. As moças me sondavam para saber o que Stefania dizia delas. Eu tentava responder do modo mais vago possível. Também queriam saber se Angélina, minha madrinha, esposa do professor da Escola de Ensino Superior, mulher mais elegante de Nyamata, se disporia a emprestar a elas um de seus panos para a festa ou para o casamento. Como elas vinham falar comigo sem roupa, eu aproveitava para analisar de perto para, depois, contar à mamãe as qualidades e os defeitos que me eram revelados na intimidade do banho. É claro que a maioria sabia das minhas práticas de espionagem, algumas eram coniventes, e outras, não sei por que, relutantes, sob o pretexto de um pudor inflexível.

Mas como a gente faz para saber se é bonita sem um espelho? Em Gitagata não havia espelhos, nem mesmo nas lojas; no maior comerciante de Nyamata, eles ficavam no alto da estante, atrás do balcão – e era impossível dar uma olhada, mesmo quando o vendedor se distraía atendendo outro cliente. O único espelho eram os outros: o olhar satisfeito ou os suspiros de desânimo da nossa própria mãe, as observações e comentários da irmã mais velha ou dos colegas e, depois, o rumor que corria pelo vilarejo que acabava chegando até nós: quem é bonita? E quem não é?

Mas, sem espelho, como ter certeza de que ao menos alguns traços do próprio rosto correspondem aos critérios de beleza valorizados pelas casamenteiras e celebrados pelas canções, provérbios e histórias? Uma cabeleira abundante, mas que deixe a testa à mostra, um nariz reto (esse pequeno nariz tutsi que acabou decidindo a morte de tantos ruandeses), gengivas pretas como as de Stefania, sinais de boa linhagem, dentes afastados... Quando o Sol brilhava, a gente ia até uma poça tentar ver o reflexo. Mas o retrato fluido dançava debaixo de nossos olhos impotentes. O rosto de água se enrugava, se encrespava e se fragmentava em películas de luz. Nosso rosto nunca era nosso como quando é visto no espelho, ele era sempre de outro.

Quando o assunto era elegância e boas maneiras, bastava seguir o exemplo e as recomendações de minha mãe: imitar o modo de andar despreocupado e ritmado das matriarcas (a cada passo, elas pareciam ficar no mesmo lugar), lançar um olhar um pouco perdido ao redor e, sobretudo, ao se virar para os outros, manter o olhar baixo (que vergonha, para uma moça, olhar alguém no rosto!), responder com uma voz fina, quase inaudível, um murmúrio doce, um sopro melodioso... Para o corte de cabelo, também era preciso contar com os mais próximos. Não havia cabeleireiros para as mulheres, nem em Gitagata nem em Nyamata; os homens iam ao *kimyozi*, que tinha o único par de tesouras do vilarejo – além, é claro, de Berkmasse, o alfaiate – e que tinha instalado uma cadeira para atender os clientes debaixo da grande figueira, na beira da estrada. Assim, era a irmã ou uma amiga que cortava a nossa cabeleira crespa deixando tufos geométricos em forma de meia-Lua que se chamavam *amasunzus* e que as moças usavam antes do casamento. Na França, quando visitei os jardins dos castelos antigos, soube que os reis mandavam cortar os arbustos como fazemos com os cabelos. Não tive coragem de contar ao guia tão sabido a comparação que eu estava fazendo. Ele contava a história de um certo jardineiro chamado Le Nôtre.

Mas os *amasunzus* não eram para as meninas e nem para as adolescentes mais novas. O corte de cabelo que deveríamos usar variava de acordo com a idade. As crianças, tanto meninas quanto meninos, tinham a cabeça raspada com apenas, bem em cima da testa, um pequeno tufo bem redondo, feito um pompom. Na puberdade, perto dos doze, treze anos, podíamos deixar o cabelo crescer. As moças nunca cortavam. Se ficassem longos demais, elas prendiam. Os *amasunzus* não eram usados antes dos dezoito, ou vinte anos. Eles significavam que a moça estava na idade de se casar, que estava buscando um marido, que esperava, como diriam na França, seu príncipe encantado. Ao mesmo tempo, as moças abandonavam o pequeno pedaço de tecido que, até ali, tinham usado como saia, para se vestirem com o pano respeitável das mulheres casadas e mães de família. Os *amasunzus* ajudavam a distinguir as mulheres em idade de casar das já casadas.

Eu nunca pude usar um *amasunzu*. No liceu, em Kigali, eu era nova demais e, além disso, consideravam a vaidade o mais grave de todos os sete pecados capitais juntos. Quando saíamos aos domingos, éramos vigiadas rigorosamente por uma escolta de religiosas. Nada deveria atrair os olhares assanhados dos garotos ou, pior ainda, segundo a irmã Kizito, dos homens casados. Mas quem teria reparado em nós, com aquele uniforme cinza e os cabelos curtinhos?

Em Butare, na Escola de Serviço Social, era diferente. As modas recentes da cidade, levadas por algumas alunas mais independentes, eram toleradas livremente e até encorajadas pela maioria dos professores. Não deveríamos mais usar o *amasunzu*, costume arcaico e degradante. A palavra de ordem era o alisamento. O novo ideal de beleza da juventude no mundo da moda era ter o cabelo liso. Mas, na escola, apenas algumas privilegiadas tinham o instrumento necessário para a operação: um pente de metal com muitos dentes serrados e um cabo de madeira. Bastava esquentá-lo no fogo e passá-lo nos cabelos crespos e desgrenhados que eles se transformavam em longas mechas lisas e sedosas que ondulavam por cima dos ombros. O que não faríamos para conseguir esse pente milagroso! Mas era quase impossível consegui-lo emprestado. As felizes proprietárias do instrumento achavam melhor manter para si mesmas, filhas de ricos comerciantes ou de funcionários de altos cargos, o monopólio dos cabelos alisados. Porém, esse monopólio arrogante não durou muito. Rapidamente, nós, que éramos pobres e vínhamos do campo, descobrimos, enquanto lavávamos roupa, outro meio de alisar o cabelo. Aos sábados, à tarde, lavávamos e passávamos as roupas. Para passar, usávamos ferros de carvão vegetal. Ainda que o ferro fosse pesado e menos prático do que o pente, ele podia também, se ficasse muito quente, alisar o cabelo. "Vamos passar o cabelo", dizíamos rindo. Para maior eficácia da operação, untávamos o cabelo com um pouco de banha que discretamente tirávamos das torradas do café da manhã, essa banha deliciosa que era a nossa manteiga! É claro que os resultados nem sempre estavam à altura dos nossos desejos, e de vez em quando nossos cabelos pareciam mais com espinhos de um porco-espinho do que com as mechas longas e macias que desejávamos ter. Contudo, apesar de alguns acidentes, nossos cabelos alisados no ferro de passar podiam rivalizar com cabelos alisados com os pentes das riquinhas. Na França, dez anos depois, logo que cheguei, fui em busca desse pente milagroso que eu tanto desejara: "É para um *poodle*?", perguntou a moça do caixa.

Quando voltei a Gitagata de férias com o meu novo penteado, mamãe não soube o que dizer. Pôs a mão nos meus cabelos, foi se sentar no montinho para contemplá-los e concluiu que aquilo era o progresso, *amajyambere*, como dizia o lema da República. Mas ela também achava que o frio das montanhas de Ruanda tinha contribuído para dar um jeito naquilo que o Sol tórrido de Bugesera tinha queimado na minha cabeça.

*

Amajyambere, o progresso, o desenvolvimento, palavra que o prefeito vivia repetindo nos discursos que fazia, era algo reservado aos poucos alunos de Nyamata que tinham sido aceitos no colégio que os levava para além do rio Nyabarongo. A calcinha, por exemplo, fui eu que introduzi em casa. No liceu Nossa Senhora de Cister, era obrigatório o uso de roupas de baixo. Inicialmente, as alunas deveriam comprar duas calcinhas – duas *ikalisos*. Stefania e eu fomos nos informar com o alfaiate, Berkmasse. Ele sabia o que era. Por um preço módico, cortou duas calcinhas em pedaços de tecido. Eu as guardei cuidadosamente na malinha de papelão que fora de Alexia.

Essas duas *ikalisos* eram para o primeiro trimestre; para o segundo, precisava conseguir um tecido de algodão branco que se chamava "américani". Na aula de costura, confeccionaríamos nossas calcinhas. Cada uma deveria ter uma calcinha de reserva. A professora, senhora Julia, belga que, para a nossa surpresa, tinha os lábios tão vermelhos quanto o bico de um pássaro chamado *ifundi*, nos aterrorizava com sua enorme vara que servia para medir, em jardas e em polegadas, os pedaços de pano. Apelidamos ela de *Kamujijima*, nome que eu nunca soube bem o que significava, mas, evidentemente, tinha uma relação com o medo que ela nos inspirava. Em poucas semanas, as alunas do primeiro ano do liceu já estavam usando, como as mais antigas, uma calcinha que ia quase até o joelho. Todas as noites, no dormitório, nossas *ikalisos* passavam por um estranho ritual: depois da prece, deveríamos tirá-las, sob o olhar vigilante da irmã inspetora, sacudi-las em cadência e guardá-las com muito cuidado junto às outras debaixo da cama para que a inspetora pudesse vistoriá-la. E, enquanto dormíamos, nossas calcinhas flutuavam ao pé das nossas camas como uma bandeira triunfante da civilização!

E, realmente, as religiosas contavam conosco para espalhar pelos vilarejos o hábito de usar roupas de baixo. Nós éramos promotoras e missionárias da calcinha. A *ikaliso*! Era uma inovação que fascinava todas as meninas que tinham ficado no vilarejo. De vez em quando, surpreendia uma de minhas irmãs mais novas abrindo minha mala para pegar, discretamente, minhas *ikalisos*. Com certeza, queria mostrar a uma amiga. Mas, durante um bom tempo, a calcinha se restringia às raras moças que, como eu, tinham podido entrar no secundário. Era o orgulho das estudantes e privilégio das moças, pois os rapazes que estavam no seminário quando vinham com um short cáqui que chamávamos *ikabutura*, não usavam nada por baixo. E os padres não se preocupavam com isso. Além do mais, eles se perguntavam, de que serviria vestir um segundo *ikabutura* debaixo do outro.

Assim que me viu usando calcinha, Stefania gostou da novidade íntima. Ela me pediu, mas em segredo, para costurar uma para ela no padrão de *Kamujijima*. E ficou toda orgulhosa. Explicou em detalhes, para as amigas, as vantagens de uma mocinha usar calcinha, mas todo mundo entendeu que ela estava se gabando da própria calcinha.

*

Para mamãe, quem trazia mais progressos para casa não era eu, nem Alexia, nem mesmo André, mas a vizinha Marie-Thérèse, esposa de Pancrace. Ela a criticava, é claro, achava que Marie-Thérèse adotava as novidades quase sempre sem discernimento, mas não deixava de observá-la e, de vez em quando, acabava imitando-a. Todo mundo sabia de onde vinham essas novidades que, inicialmente, só eram vistas na casa do Pancrace: de Félicité, filha mais velha de Marie-Thérèse, que estava no noviciado das irmãs Abenebikira Maria, já não me lembro onde, talvez em Save. Entrar na religião era, na Ruanda dos belgas ou de Kayibanda, o modo mais viável de entrar na "civilização". Nos seminários ou noviciados, as roupas, a comida, os lençóis, tudo – ou quase tudo – era como na terra dos brancos. Se você respeitasse, com a convicção necessária, as regras de conduta e de piedade que ditavam, você entrava sem grandes esforços na categoria invejada dos "civilizados". Félicité deixava sua família aproveitar os avanços da modernidade e, apesar das más-línguas e da inveja, esses avanços se espalhavam, sem resistência, por toda a vizinhança.

Ah, Félicité! Ela tinha escandalizado os moradores de Gitagata ao convencer o pai a construir, ao lado da choupana de Tripolo, uma cabaninha só para ela. Onde já se viu uma coisa dessas? Uma mocinha que não era casada e que, talvez, se continuasse seguindo esses hábitos estranhos dos brancos, não fosse casar nunca, morar sozinha, dormir sozinha, sem a companhia das irmãs, imagine, sem as irmãs! Era chocante e contrariava todas as tradições querer dormir sozinha se tinha tantas irmãs mais novas que naturalmente teriam um lugar reservado na esteira da irmã mais velha. Todo o vilarejo só falava da "home" de Félicité, palavra que ela trouxera das religiosas e que era desconhecida dos alunos do sexto ano primário, e até de seu professor, e que enchia a habitação tão criticada de um grande mistério. Félicité não abria a porta para ninguém do vilarejo, nem mesmo aos vizinhos, mas, Cândida e eu inventávamos pretextos para sermos convidadas para entrar lá. Não adiantava nada. Félicité descrevia com muitos detalhes a vida maravilhosa que levava com as irmãs Abenebikira Maria, mas era do lado de fora da "home", que permanecia implacavelmente fechada.

Para piorar, corria o rumor de que aquela porta talvez não fosse proibida para todo mundo. A gente se perguntava, por exemplo, por que a cabana tinha sido construída na beira da estrada, perto dos pés de café, e não atrás da choupana de Tripolo, no *ikigo*,

espaço reservado às mulheres? Sem dúvida, era para
receber rapazes. Ao longo do dia inteiro, e tarde da
noite, vinha de lá uma música: Félicité tocava *inanga*,
cítara de oito cordas, algo proibido para uma mulher.
Muitas vezes ela caminhava na estrada levando seu
inanga que, logo vimos, não era um *inanga* tradicional dos nossos, mas o dos brancos, um violão. Ela
cantava e as crianças a seguiam cantando em coro a
cantiga que ela aprendera com as irmãs. Todo mundo tinha certeza de que aquele era o próprio progresso caminhando, o *amajyambere* que, para o bem ou
para o mal, desfilava na estrada de Gitagata.

*

Mas havia outra coisa, quero dizer, outra cabaninha,
menor do que a dela, que ficava anexa à primeira.
Não sabíamos para que servia. Era apertada demais
para caber uma esteira; também não dava para cozinhar lá dentro e, obviamente, não era um celeiro de sorgo nem um espaço para secar a mandioca.
A porta, como a da "home", estava sempre fechada.
Stefania vigiava discretamente a edícula até que, um
dia, por acaso, encontrou a porta aberta e viu Félicité sentada confortavelmente, a saia levantada, sobre
uma espécie de banquinho de madeira. Não restava
dúvida: a cabaninha era o banheiro de Félicité.

Quando a descoberta se espalhou por Gitagata,
deu muito o que falar. Quase todas as latrinas eram

uma grande fossa no fundo do bananal. Era lá que todos faziam suas necessidades. De vez em quando, um soldado em patrulha caía lá dentro à noite e dava para ouvir os seus gritos. Ríamos muito, mas tínhamos medo de uma vingança. Os mais sofisticados cobriam a fossa com grandes pedaços de troncos, deixando só um pequeno quadrado sobre o qual dava para se agachar. Em alguns casos, como lá em casa, havia uma vala feita de galhos, mas sempre a céu aberto. Nem imaginávamos nos aliviar sem ter o Sol e as nuvens por cima da cabeça. À noite, se alguém precisasse se levantar, não dava para ir até as latrinas. Atravessar o bananal seria arriscar um encontro perigoso: com uma cobra, um leopardo ou um militar. Íamos não muito longe do *ikigo*; mas, de manhã, cada um deveria recolher o que lhe pertencia, sem deixar qualquer rastro. Muitas vezes esse recolhimento dos próprios excrementos era tema de discussões que se resolviam quando Stefania conseguia garantir, na condição de mãe, o que pertencia a quem.

Pouco a pouco, graças a Marie-Thérèse, que tinha conseguido da filha autorização para usar a cabaninha, tivemos uma descrição bastante fiel daquilo que Félicité chamava, sempre segundo sua mãe, de W.C. O mais surpreendente, dizia Marie-Thérèse, é que você se senta sobre uma cerâmica que tem a forma da nádega, então pode ficar lá durante horas! Era difícil para a gente entender a cerâmica em questão, tratava-se do gargalo de um jarro grande que tinha sido cortado e que servia de privada, era como as que bem mais tarde descobri em Butare. Além disso, Marie-Thérèse acrescentava, seria possível fazer um desses com os ceramistas *batwas*... A moda desse novo W.C. introduzida por Félicité se espalhou rapidamente em Gitagata. As mulheres convenceram os maridos a cavar outras fossas para adaptar ali as instalações de Marie-Thérèse. Era o progresso que chegava, *amajyambere*! E eles não tinham como saber que muitos estavam cavando as suas próprias covas.

*

De todas as novidades que Marie-Thérèse ostentava diante da inveja dos vizinhos, e com um prazer sem dúvida perverso, houve uma que Stefania logo incorporou com entusiasmo. Marie-Thérèse tinha muitos cabelos brancos. Uma mulher de cabelos brancos não costuma ser bem-vista, a menos que seja uma avó respeitável. A vizinha tentava esconder o cabelo sob um lenço, mas com frequência uns tufos rebeldes a traíam. De todo modo, o vilarejo inteiro sabia: Marie-Thérèse tinha cabelos brancos. Mas, um dia, ela saiu de casa sem o lenço e seus cabelos atraíram todas as atenções: eles estavam pintados de um negro intenso e brilhante, um negro que era mais escuro que nossa pele e tinha até se espalhado em longos fios pela testa dela. Marie-Thérèse se recusou a explicar a metamorfose pela qual seus cabelos tinham passado. Mamãe não ousou fazer perguntas, mas estava decidida a descobrir o segredo.

Foi Assumpta, irmã mais nova de Félicité, que deixou escapar a verdade. Nas tardes de domingo, ela vinha assiduamente ao nosso quintal. Assim como as outras mocinhas na idade de casar, ela se exibia e mostrava suas qualidades diante do júri sentado no montinho e presidido por Stefania. Minha mãe não teve grandes dificuldades para conseguir as informações que queria. Assumpta, super orgulhosa, explicou que Félicité tinha trazido um pó preto que era usado pelas religiosas mais velhas para pintar o cabelo. Supunham que o produto, como todas as substâncias misteriosas, vinha de Zanzibar. Além disso, podia ser encontrado no mercado em Kigali. Chamava-se Kanta. No fim das férias, no dia de ir para Kigali, mamãe colocou discretamente na minha mochila algumas moedas que ela economizara com o seu trabalho e guardava debaixo da cama, e me disse baixinho: "Não se esqueça de me trazer um pouco de pó para o cabelo".

*

Além de tudo, ainda havia os pés! Quanta preocupação com os pés! O critério de beleza ruandês apreciava pernas bem retas, sem a panturrilha torneada, mas os pés deveriam ser pequenos, finos, e com os dedos longos e separados. Mas como manter os pés pequenos se eles tinham de andar descalços na estrada e também descalços repisar a terra ao longo do dia inteiro? No liceu, em Kigali, as moças da cidade não tinham pudor nenhum em zombar das que vinham do campo e tinham, para sempre, os pés incrustados de terra. Para saber quem você é e de onde vem, basta olhar os pés. Nem os professores escapam desse diagnóstico. Na Escola de Serviço Social de Butare, logo que as novas alunas entravam, as veteranas avisavam: "Não olhem os pés da Haute-Volta!". Essa frase que as antigas repetiam com um ar entendido nos deixava, a mim e as minhas colegas, numa profunda perplexidade. Como interpretar isso? Seria um conselho sábio, um enigma, um código para decifrar, uma armadilha das mais velhas pra cima das inocentes do primeiro ano? Por mais difícil que fosse, estávamos decididas a descobrir o mistério dos pés de Haute-Volta. No dia da volta às aulas, no salão de reunião, a diretora, acompanhada por todo o corpo de professores, nos apresentou o estabelecimento. Quase todos os professores eram religiosos. Eram brancos, com apenas uma exceção. A negra só poderia ser Haute-Volta. Todas as atenções das novas alunas se voltaram para os pés dela. Mas não dava para vê-los. O vestido de Haute-Volta ia até o chão e cobria totalmente os pés. Havia um mistério em relação aos pés dela pois os vestidos das outras religiosas não eram tão longos e, por isso, davam a ver os pés calçados com sandálias. Apenas Haute-Volta escondia os pés. Qual deformação, qual monstruosidade ela escondia debaixo do pano do seu vestido? Alguns dias depois, o mistério dos pés de Haute-Volta foi esclarecido, livrando-nos do nosso horror. Estávamos numa aula quando Haute-Volta entrou na sala para anunciar alguma coisa. A mesa do professor ficava em cima de um estrado. Era preciso subir dois degraus para chegar lá. Para não tropeçar ao subir no estrado, ela deveria levantar um pouco o vestido. E seria obrigada a descobrir os pés. Todos os olhares estavam voltados para a barra do vestido de Haute-Volta. O que ela faria? Ela parecia hesitante. Será que tinha percebido a atenção estranha de todas? Por fim, Haute-Volta se decidiu, segurou bravamente o tecido do vestido e subiu, o mais rapidamente que pode, os dois degraus de madeira, sem renunciar à dignidade professoral. Sua subida, no entanto, não foi tão rápida assim pois tivemos tempo de ver os pés da professora – e um rumor abafado percorreu a sala.

Dispenso aqui descrever os pés de Haute-Volta, mas lembro-me que, algum tempo depois, folheando o manual de história-geografia, deparei com dois desenhos, ou duas fotos, já não sei, que na mesma hora me fizeram pensar nos pés dela. Um representava as montanhas ou colinas que tinham sido cortadas como um pedaço de bolo e mostravam, assim, as camadas sobrepostas de terra e de rochas por meio das quais os geólogos decifravam a história dos continentes e contavam as idades da Terra. O segundo mostrava um tipo de fosso cavado pelos arqueólogos que, desse modo, dizia a legenda, tinham descoberto, nos estratos mais profundos, a partir de alguns cascalhos cortados, os primeiros rastros da humanidade. E me parecia que, se eu pudesse chegar mais perto dos pés da Haute-Volta, também poderia ler as idades do mundo e remontar, de geração em geração, até chegar à mulher que foi a primeira e que, com as costas encurvadas e uma enxada nas mãos, abriu a terra vermelha da África. Mas eu era jovem e tinha muito medo. Olhei para os meus próprios pés e os sapatos de salto alto que Immaculée, minha amiga, tinha me dado em Kigali e percebi, com alívio, que meus pés ainda podiam entrar neles. Mas talvez agora eu possa beijar os pés de Haute-Volta e, certamente, os da minha mãe, os pés dessas Amas de leite que têm a África como filho.

VIII
O CASAMENTO DE ANTOINE

Apesar da reputação de mamãe como casamenteira, ela cometeu um erro, e que erro!, já que se tratava do casamento de Antoine, seu filho mais velho. Havia um bom tempo que mamãe estava procurando uma noiva para ele, mas queria que fosse uma moça tão perfeita que ninguém em Gitagata ou em outro lugar se aproximava minimamente da imagem de esposa ideal que ela tinha para o filho. Um belo dia, uma nova família se mudou para os arredores do lago Cyohoha, perto de Gitagata. Não sei mais de onde vinham, talvez de Kanzenze, região do vale do rio Nyabarongo, ou mesmo de mais longe, de Bwanacyambwe, perto de Kigali. Os moradores de Gitagata analisaram os novos moradores: na opinião de todos, eles eram pobres e a melhor prova disso era que só tinham três filhos e, para piorar, três meninas! Além do mais, corria o rumor de que eles eram pagãos, pois nenhuma das três tinha um nome de batismo. E, de fato, só conheciam seus nomes ruandeses: Mukantwari, Mukarukinga, Mukasine.

Os boatos e fofocas não impediram que minha mãe reparasse em uma das três irmãs, Mukasine, a mais velha. Ela logo viu na moça a futura esposa para Antoine que fora buscada por tanto tempo. Era uma dádiva dos céus, um milagre! Ela agradeceu à Virgem Maria e também a Ryangombe, o mestre dos Espíritos. Apesar de boa cristã, mamãe dizia que não se podia rejeitar ninguém, e menos ainda o Deus dos ancestrais: "É preciso capinar todo o sorgo, repetia ela, pois nunca sabemos qual vai dar primeiro". Como ela não sabia se fora uma dádiva de Maria ou de Ryangombe, era melhor se conciliar com os dois.

Para minha mãe, Mukasine encarnava a própria beleza: era alta, algo que herdara do pai que parecia uma lança, tinha a pele clara, de um tipo que chamamos de *inzobe* e que nada tem a ver com aquela palidez preocupante que, dizem, atrai os trovões; ela tinha os cabelos compridos, como os de Mukasonga, se alegrava minha mãe, formas avantajadas e que pernas! Que coxas! Mukasine tinha todos os encantos que os ruandeses atribuem às vacas e, para completar, esses atributos eram perfeitos, ela era uma *inyambo*, uma vaca da realeza! Além do mais, chamava-se Isine, a vaca de vestido dourado! Minha mãe não parava de repetir que tinha encontrado uma *inyambo*!

É claro que a beleza física não era a única qualidade exigida de uma candidata ao casamento. Na desgraça e na miséria que vivíamos em nosso exílio em Nyamata, o que se esperava de uma boa esposa era sua força de trabalho; pois, sobre ela, recairia a necessidade de cultivar o campo para alimentar a família: revolver a terra e lavrar com os pés descalços na lama, as mãos cheias de calo por causa da enxada. Uma boa mãe de família nunca hesitava diante do trabalho, por mais duro que fosse. Minha mãe buscou se assegurar de que Mukasine era tão trabalhadora quanto bonita. Para isso, tinha acordado muitas vezes bem antes do nascer do Sol e tinha andado os dois quilômetros que nos separavam da casa de Mukasine. Sob o pretexto de visitar as amigas da vizinhança, tinha observado ao longo do dia as atividades daquela que talvez fosse em breve sua nora. E voltara plenamente satisfeita dessa missão de espionagem. Mukasine se levantava cedo e ela era tão bela ao sair da cama quanto sob o Sol do meio-dia. Mas, sobretudo, era uma trabalhadora incansável, nunca parava para descansar, ela cortava o campo inteiro, dizia minha mãe, extasiada.

Stefania não escondia que essa febre pelo trabalho era a causa do único defeito físico que detectara em Mukasine. A bela Mukasine tinha pés enormes, verdadeiros pés de camponesa, cheios de sulcos e fendas, fissuras e calos. Era como se, a cada passo, ela levantasse dois blocos de terra. "Ah! dizia mamãe, gosto mais desses pés do que de pés de princesa que nunca tocaram a terra".

Não restavam dúvidas: Mukasine era a mulher ideal para Antoine, era aquela que mamãe tinha esperado por tanto tempo. Agora era hora de iniciar, o mais rápido possível, as negociações para o pedido de casamento, afinal, ela não tinha falado com ninguém sobre as intenções para Antoine, e temia não encontrar outro partido tão bom.

Então, uma noite, depois de jantarmos sentados perto das três pedras da lareira onde minhas irmãs e eu escutávamos as histórias de mamãe, ela contou ao meu pai seus projetos para Antoine. Falou sobre as qualidades de Mukasine e concluiu que estava na hora de fazer um pedido oficial. Meu pai não tinha outra escolha senão aprovar. Só faltava Antoine, que não estava lá, dar sua opinião. Durante a semana, ele trabalhava em Karama, só voltava aos sábados e ia embora no domingo à tarde. Minha mãe não tinha contado a ele suas intenções.

Na tradição ruandesa, contrair um casamento exigia várias etapas. Primeiro, meu pai deveria anunciar aos pais de Mukasine a intenção de ir pedir a mão de uma de suas filhas para o filho dele. Aparentemente não havia nenhum empecilho, mas no dia dessa primeira missão, meu pai só voltou para casa à noite. Não que as negociações tenham sido difíceis; mas, sem dúvida, porque o acordo foi celebrado com algumas cabaças de cerveja.

Em seguida, era preciso fazer o pedido solene, que exigia muitos preparativos. Não se podia ir à casa dos pais da futura noiva sem levar jarros de cerveja para a cerimônia. Toda a família se pôs a trabalhar. Como nossos bananais eram recentes, não dariam todas as bananas necessárias. Apesar da ajuda dos vizinhos que contribuíram como puderam aos preparativos, era preciso ir comprar mais com os *bageseras*. Ao voltar da escola, depois de trazer água, eu deveria moer o sorgo na pedra de moer. E não deveria deixar nenhum *urusyo*, era preciso moer e moer e moer... As jovens da vizinhança se revezavam para me ajudar, os cestos se alinhavam sobre o *uruhimbi*. Nós sabíamos que era preciso de muita cerveja, pois convinha aos pais da moça receber o pedido com toda a família presente, e todos os amigos, e todos os amigos dos amigos, e até mesmo os que não eram realmente amigos, sem contar os desconhecidos de passagem, que ninguém impediria de colocar também um canudinho de palha no jarro.

No dia combinado, meu pai foi fazer o pedido de casamento, seguido por um longo cortejo de carregadores de jarros – quase todos eram jovens de Gitagata. Ele foi acompanhado pelo seu melhor amigo, Édouard, pois não é o pai que deve pronunciar o discurso, mas algum homem importante do vilarejo que seja reconhecido por sua eloquência. Édouard, que, com meu pai, costumava ser chamado para resolver os conflitos da comunidade, era o homem da situação. Antoine, que acabou sendo comunicado de tudo o que tramavam, não fazia parte da delegação: ele deveria ficar em casa com os amigos, sem esconder a preocupação, esperando o término do processo. Não tinha restado nenhuma dúvida. Os oradores de cada lado fizeram seus discursos. Ficou bem claro que pediam a mão de Mukasine e não de Mukantwari ou Mukarukinga. Quando o pedido estivesse acordado, a assembleia podia celebrar dignamente o acontecimento ao redor dos jarros de cerveja que tinham custado tantos esforços.

Não vá pensar que tudo acaba aí. Para ser validado, o pedido de casamento deve ainda ser confirmado e, por três vezes, ocorre o mesmo cerimonial. Isso toma bastante tempo. A cada vez deve-se preparar os jarros de cerveja esperados. E só no terceiro encontro a promessa de casamento é definitivamente confirmada com a entrega do dote à família da jovem. Infelizmente, no caso de Antoine, o processo que parecia tão bem iniciado foi brutalmente interrompido por um acontecimento tão inesperado quanto escandaloso: o sequestro de Mukasine.

Na frente do terreno onde a família de Mukasine estava estabelecida, morava Kabugu. Esse homem nobre – que pertencia ao clã real – tinha ficado em uma situação confortável ao casar uma de suas filhas com um branco. Assim, ele podia empregar alguns refugiados para cultivar sua terra – os recém-chegados que esperavam a primeira colheita e que buscavam trabalho para se alimentar. Foi assim que Mukasine foi contratada pelo vizinho rico, e foi assim que a mulher de Kabugu notou a beleza dela e o entusiasmo pelo trabalho. A família estava em busca de uma esposa para o filho que já era um velho solteiro: diziam que ele nunca encontraria uma mulher. Então, a esposa que tinham buscado para ele por tanto tempo se apresentava, por assim dizer, "a domicílio", no próprio terreno do pretendente. A circunstância era boa demais. De que importava se outros tinham chegado antes e pedido, segundo as regras e conveniências, a mão de Mukasine? Kabugu e sua esposa não davam a mínima para o decoro: eles queriam Mukasine, eles a sequestraram.

O sequestro de Mukasine causou choque e escândalo em todo o vilarejo. Todo mundo desaprovou a conduta de Kabugu e lamentou a decepção que minha família sofreu. Mas o mal estava feito. Não tinha como mudar nada. Mukasine fora levada à noite e, por vontade própria ou à força, tinha passado a noite na casa dele. Ela não podia voltar para a casa dos pais e nem, é claro, se tornar esposa de Antoine. Alguns chegaram a insinuar que os pais de Mukasine não estavam contrariados em ver a filha casando com o filho do rico Kabugu, daí a dizer que eles não tinham sido contrários ao sequestro... Aconselharam meu pai a pedir de volta os presentes que ele tinha levado com vistas ao casamento. Mas meu pai tinha orgulho e minha mãe disse que daria azar pegar de volta o que fora dado em nome de Antoine. Só tinha sobrado a vaca que constituiria o dote para Mukasine.

*

Quando lembro dessa situação triste, me pego pensando se essa vaca não terá sido justamente um pouco responsável pelo rapto de Mukasine: tínhamos levado tanto tempo para consegui-la! Em Ruanda, um casamento só é válido quando se oferta uma vaca. Mas em Nyamata, as famílias desterradas não tinham mais vacas. Em 1959, os hutus tinham queimado os terrenos cercados dessas famílias com as suas vacas que foram queimadas nos estábulos. Tivemos que nos resignar, com um pouco de vergonha e muita tristeza, a sempre dar ou aceitar um cesto de feijão, de sorgo, e algumas notas economizadas com dificuldade.

Mas para a minha mãe, o casamento de Antoine não poderia ser celebrado de verdade sem ofertar uma vaca. Segundo ela, um dote que não estivesse de acordo com a tradição atrairia a infelicidade para a nova família. Faltava juntar a soma necessária à compra de uma vaca. E isso tomou muito tempo e nos custou muitas privações. O parco salário de Antoine em Karama não bastava, e seria preciso vender tudo o que pudéssemos: banana, feijão, sorgo. Só comíamos os feijões ruins que mamãe catava. Eu ia ao mercado de Nyamata vender cacau ou tomate selvagem colhido à beira do lago Cyohoha. Cortávamos até as taxas da escola de Alexia e de André. Comida, roupas, escola, tudo era sacrificado para a vaca.

Meu pai passou vários dias em Gahanga, além do rio Nyabarongo, na entrada de Kigali, no mercado de animais. Ele analisava os bichos, se informava sobre os preços, negociava. Ele precisava encontrar uma vaca cuja beleza fosse digna de Mukasine, uma vaca que também pudesse se chamar *Isine*, a vaca de vestido dourado.

Uma noite, acordamos com um barulho alto: meu pai e Antoine estavam trazendo a famosa vaca. Como não tinha nenhum menino em casa, eu que fui encarregada de cuidar dela enquanto esperávamos o dia tão desejado em que ela seria entregue, com toda solenidade, à futura família da noiva. O fim da história já sabemos.

Mamãe nunca se deixou abater. Ela tinha um filho para casar e a vaca como dote. Ela começou uma nova busca por uma noiva para Antoine e dedicou muitos dias e muitas noites à busca. Por fim, mostraram a ela uma jovem, Jeanne, que poderia corresponder aos seus desejos.

Ela era mais jovem que Mukasine, tão bela quanto e pertencia a uma família que agradava à minha mãe. Ela morava longe, em Cyugaro, a vinte quilômetros de distância da nossa casa. Mas isso não foi um empecilho para Stefania ir conferir de perto as informações. Ela voltou praticamente satisfeita. Para confirmar as impressões que teve, mandou que eu e Alexia fôssemos, não sei sob qual pretexto, pedir para ficar na casa da família da noiva pretendida. A moça nos acolheu, orgulhosa de poder ter em casa uma estudante como Alexia, que estava no secundário. Na nossa volta para casa, fizemos um relato favorável; Jeanne e Alexia tinham quase a mesma idade e ficaram muito amigas. A vaca foi dada como dote para a família de Jeanne e ela se tornou esposa de Antoine. Eles tiveram nove filhos, sete meninos para alegria de minha mãe. Ela acreditava que pelo menos alguns deles sobreviveriam e perpetuariam a família, mas estava enganada.

IX
O PAÍS DAS HISTÓRIAS

Estava na hora de soprar a pequena chama do *agatadowa*, logo depois da refeição da noite. Ela não era muito longa, primeiro, porque não tinha muita coisa para comer, mas também porque, para um ruandês, é sempre um pouco vergonhoso comer. É sempre um incômodo abrir a boca na frente dos outros. Papai tinha acabado o prato dele havia um bom tempo. Ele não come com a gente na sala em comum. Um pai não deve comer na frente dos filhos. Ele tinha um pequeno vestíbulo na frente da porta que dá para o pátio e comia atrás da esteira que serve de cortina, no banquinho reservado aos homens. Jeanne, a mais nova, foi pegar o prato dele. Papai tinha deixado um pouco de feijão e de batata-doce: um pai sempre deve deixar alguma coisa para o filho mais novo. Agora já não temos nada a fazer na casa de Tripolo. Lá, não ficamos à vontade, estamos sempre com medo. Mamãe sofre em cima da chama da lâmpada a óleo que fabricaram com uma lata de conserva que Antoine comprou com Haguma, o empregado dos brancos de Karama: rápido, vamos para o *inzu*!

Mamãe coloca um pouco mais de lenha no fogo que está queimando. A chama reanimada enche de uma luz âmbar o *inzu* arredondado. Mamãe se senta na esteira encostada no biombo que esconde a cama maior. Ela estica as pernas e tira da cabeça o lenço improvisado, feito com um pedaço de tecido que ela aproveitou de um pano antigo. Ela o dobra com cuidado e coloca na borda de um cesto cheio de feijão. Estamos as três sentadas na frente dela. Pouco a pouco vamos sentindo o calor do fogo tão próximo, uma sensação agradável de torpor nos invade, o fogo é apenas uma luz leve. Está na hora de contar histórias...

Mamãe começa sempre cantando uma música triste, uma música de pastores que, segundo dizia, ela cantava quando era criança e cuidava de um rebanho perto do rio Rukarara. Era a história de um pobre pastor que tinha perdido o rebanho. As vacas tinham fugido, atravessado o rio e ido pastar longe dali. O pequeno pastor foi em busca delas em uma canoa, mas, não sei por que, a música diz que o rio vai acabar engolindo o pastor e o seu rebanho:

Yewe musare wari
ku muvumba
wambutsa ubwato
n'ingashya
Rwankubito araje...

*

Eu não ouvia as histórias de minha mãe (essas histórias eram contadas à noite; pois, se fosse de dia, corríamos o risco de nos transformar em um lagarto preguiçoso que passa a vida tomando Sol), eu não ouvia as histórias de Stefania, mas seu murmúrio constante e o calor insistente da lareira me colocavam num estado meio adormecido. O rumor das histórias penetrava meu corpo adormecido e impregnava a deriva lenta dos meus sonhos... De vez em quando, meu pensamento sonolento ainda me leva para o país das histórias.

Eu não sou uma estrangeira no país das histórias. Eu sei o que as abóboras falantes disseram para a grama. Sei por que o sapo coaxa e se enche de ar todo glorioso: com a ajuda dos irmãos, ele abateu a alvéola-branca no meio do voo. Eu sei de quem é o grito insuportável, no meio da savana: é do *impereryi*, esse bichinho que não ganhou de Imana uma cauda. Todas as noites, ele grita, grita, grita, tentando fazer nascer esse belo apêndice que lhe foi recusado. Não é bom ouvir seu pranto de lamento por muito tempo e nem virar o pescoço para tentar ver a traseira dele. Eu sei por que esse homem sai de casa todas as noites. Ele vai até a floresta. Nesta noite, ele carrega um pequeno cesto. Nesse cesto há um seio de mulher, o seio que ele arrancou da própria esposa e prometeu dar à amante, filha da floresta, que tem apenas um seio. Mas, bem antes do amanhecer, o sábio desenterrou sua lança (o que seria de um homem sem a lança?); ao longo do dia, ele andará na trilha pelo alto das montanhas e, à noite, no terreno da casa, onde os sábios se reúnem, ele conversará com a criança de cabelos brancos. O pequeno pastor pode fazer a pergunta: "Existe um amor recíproco?". Eu sei a resposta: "O seu mestre, pequeno pastor, ama apenas a esposa estéril e ela, por sua vez, só tem olhos para o primo que partiu para a terra do rei de Cyamakombe, que ele admira mais do que tudo, mas o rei só preza a própria filha que se apaixonou por um carneiro com a lã imaculada...". E você sabe por qual motivo o insaciável Sebugugu chora? Ele seguiu os conselhos do melro e matou sua única vaca: "Sacrifica sua vaca, sussurrou o melro, e você terá cem vacas". Desconfie também das moças bonitas demais, às vezes, são leoas disfarçadas: ao ver uma carne crua, serão obrigadas a revelar sua natureza selvagem. Além disso, não vamos contar o que tem no ventre da hiena, mas ao rei contarei onde está a mulher com quem ele deve se casar: a pobre órfã, cativa dos malefícios da madrasta, está escondida num barril...

Não quero ir até os confins do país das histórias, pois sei quem me espera lá. Na beira dos grandes pântanos, mora uma velhinha corcunda. Ela esconde o rosto debaixo de seus trapos, mas sei que seus olhos estão fixos em mim.

Em seu ventre estéril, ela aceitou hospedar a Morte.

*

Há outras histórias também. Histórias que não eram nossas, que não eram contadas em volta do fogo. Histórias que são como as poções preparadas pelos envenenadores, histórias cheias de ódio, de morte. Histórias contadas pelos brancos.

Os brancos jogaram em cima dos tutsis os monstros famintos de seus próprios pesadelos. Eles nos ofereceram espelhos que distorciam a farsa deles e, em nome da ciência e da religião, nós tínhamos que nos reconhecer nesse duplo perverso nascido de seus fantasmas.

Os brancos pretendiam saber melhor do que nós quem éramos e de onde vínhamos. Eles nos apalparam, nos pesaram, nos mediram. As conclusões a que chegaram foram categóricas: nossos crânios eram caucasianos, nossos perfis, semíticos, nossa estatura, nilótica. Eles conheciam até mesmo nosso ancestral, estava na Bíblia e se chamava Cã. Nós éramos os quase brancos, apesar de algumas mestiçagens repugnantes, um pouco judeus, um pouco arianos. Os cientistas (a quem devíamos ser gratos) tinham feito até uma raça sob medida para nós: nós éramos os Camitas!

Depois, esses mesmos cientistas encontraram os traços dos tutsis no mundo inteiro: com seus imensos rebanhos, esses pastores inveterados tinham fugido dos altos planaltos do Tibete, passaram pela planície do Gange ou dos Hindus, mas acabaram deparando rapidamente com o Êxodo dos Hebreus e, na confusão dos acampamentos, se misturaram um pouco com eles. Eles conviveram com o círculo dos faraós, depois estiveram na Etiópia, do Padre Jean, onde por pouco não se tornaram cristãos. Por fim (e sem dúvida era preciso ver aí o dedo da Providência), chegaram a Ruanda, por cima das montanhas da Lua, guardiães da nascente do Nilo, esperando que a água do batismo corresse sobre a fronte de um camita Constantino.

*

Businiya! Não sei como esse rumor maligno chegou até a minha mãe. Como todos os ruandeses, ela sabia que, no começo, Kigwa tinha caído do céu com todos animais domésticos e plantas cultivadas, que Gihanga tinha organizado a sociedade de homens dividindo as tarefas, segundo a disposição de cada um, entre os três filhos: Gatutsi ordenharia as vacas, Gahutu "ordenharia" a terra e Gatwa "ordenharia" a floresta. Mas ela também conhecia a Businiya. Ela me falava dele quando capinávamos o sorgo. "Você sabe, dizia ela, dizem que os tutsis vieram da Businiya". E me contava o êxodo estranho: os tutsis tinham caminhado durante muito tempo, passando pelas colinas com uma trouxinha na cabeça. Minha mãe situava essa longa caminhada no Quênia, onde eles tiveram que lutar contra os gigantes ferozes que moram no país. Segundo ela, essa migração ocorreu estranhamente na mesma época em que os brancos chegaram.

Businiya! A Abissínia! De quem minha mãe tinha escutado essa história? Para ela, os limites do universo coincidiam com os limites de Ruanda. Ela era órfã e tinha sido recolhida por religiosas de Kansi que lhe deram um emprego na cozinha, em serviços domésticos e na costura. Teria sido lá que ela ouvira essa palavra estranha, Abissínia, que ela transformou em Businiya? Seria um eco das conversas dos "civilizados" em torno de Ruvebana, de quem meu pai era secretário e confidente? Como boa contadora de histórias, para enriquecer a narrativa, ela misturava pedaços da história santa tirada dos sermões de domingo ou de leituras da Bíblia que o pai de família fazia todas as noites. Businiya, Abissína, Etiópia, como minha mãe podia prever que essas palavras decidiriam a nossa morte?

Não lembro bem quando, mas, um ano, ao voltar para casa de férias, eu disse, orgulhosa, à minha mãe: "Mãe! Vi o rei da Businiya." Stefania me olhou durante um bom tempo sem dizer nada, estupefata e incrédula, depois segurou a cabeça com as mãos e começou a gemer: "Mukasonga, a minha filha, não sabe o que faz. Vocês ouviram, Santa Virgem e Ryangombe, Deus de nossos pais, ela disse que viu o rei de Businiya!". Eu tentei insistir: "Sim, eu vi, ele veio a Kigali".

Eu não estava mentindo. Hailé Sélassié, o rei dos reis, imperador da Etiópia, tinha vindo a Ruanda em uma visita oficial. Em Kigali, não mediram esforços para receber, com toda pompa, o mais antigo e prestigioso dos chefes de estado africanos. Na estrada que conduzia ao aeroporto, ergueram arcos do triunfo feito de verduras, bandeiras davam as boas-vindas ao ilustre convidado em várias línguas. As ruas estavam decoradas com bananeiras e os troncos de eucalipto tinham sido pintados de branco até a altura permitida. O liceu Nossa Senhora de Cister participava de tudo com fervor. Ganhamos uniformes novos, com um tamanho curto que julgávamos audacioso, mas nos deliciava. Distribuíram bandeirolas com as cores dos dois países que nós agitávamos harmonicamente.

O anúncio da visita do rei de Businiya me deixou num estado de muita agitação. Eu veria o rei desse país fabuloso de onde, segundo minha mãe, tinham vindo os tutsis. Não tinha coragem de imaginá-lo, mas era óbvio que ele só poderia ser enorme, quase um gigante, e usaria uma roupa mais brilhante do que a do bispo no dia da crisma e, na cabeça, uma coroa tão alta quanto a tiara do Papa.

Aguardamos por ele durante um bom tempo, o rei da Etiópia! Colocaram as moças do liceu Nossa Senhora de Cister à vista, na rotunda principal da cidade, diante da igreja da Santa-Família. Enfrentando os olhares de desprezo que minhas colegas hutus me lançavam, consegui me esgueirar e ficar na primeira fileira. Estava quente. Nossos braços estavam dormentes de tanto balançar as bandeirolas. Tínhamos sobressaltos a cada carro que passava. Não, ainda não era ele!

Finalmente o cortejo oficial desembocou da estrada do aeroporto. Primeiro, vimos os caminhões militares, depois as Mercedes pretas dos ministros, e, por fim, de pé em um carro aberto, uma espécie de jipe, aquele que eu esperava com tanta impaciência. Eu o fixava intensamente como se meu olhar tivesse o poder de parar, por alguns instantes, e só para mim, o veículo que já se afastava. Admito que o que eu pude ver do maior rei dos reis me causou uma profunda decepção. O rei de Businiya era um senhorzinho vestido com um uniforme cáqui que não distinguia em nada, salvo por algumas medalhas suplementares, dos militares que lhe cercavam. Ele usava um enorme capacete que me pareceu grande demais para ele e que me fez rir; mas o que me afligiu mais foi o seu tamanho. Como pode um rei tão importante ser assim tão pequeno? O rei de Businiya tinha perdido de vez o seu prestígio.

Minha mãe acabou aceitando, talvez eu tivesse mesmo visto o rei de Businiya. Sem dúvida ela tinha ido se informar com os mais "letrados" do vilarejo. Um dia, na plantação de sorgo, ela me perguntou:

– Então, é verdade, você não mentiu para mim, você viu o rei de Businiya?

– Sim, eu o vi de perto.

– Me diga como ele é.

Não tive coragem de descrever para ela o homenzinho que tinha visto. Acabei respondendo:

– O rei de Businiya parece com o papai.

X
HISTÓRIAS DE MULHERES

Quando Stefania voltava de Gikombe, com a enxada no ombro e o pano enrolado até o joelho, eu ia caminhando atrás dela. Gikombe era uma espécie de pântano quase seco que ficava numa região baixa e que ela tinha limpado para que pudéssemos plantar feijão, inclusive na estação seca. O caminho de volta em geral era longo. Não por causa da distância, mas porque o costume, a educação, a consideração pelos outros, a amizade, a solidariedade – e tudo isso junto exigia que parássemos por um tempo em cada uma das casinhas que, detrás do cafezal, acompanhavam a estrada. Mesmo quando não havia indícios de que tinha gente em casa, era bem grosseiro passar sem cumprimentar: *"Yemwe abaha? Mwiriwe!* – Ô, de casa, bom dia!"*. Mas, em geral, Stefania não se contentava em dar um bom dia de longe, ela parava diante da trilha que levava até a cerca viva e renovava os cumprimentos: *"Mwiriwe! Yemwe abaha?"*.

Talvez tenha sido nesse dia que minha mãe parou na frente da casa de Veronika. A dona da casa não respondia. De acordo com os bons modos ruandeses, nada deve ser feito com pressa. Mesmo se Veronika estivesse aguardando com impaciência a visita de Stefania, seria indecente ir correndo ao encontro da amiga. Ela deveria começar fazendo um pouco de barulho do lado de dentro da casinha para mostrar que tinha ouvido o visitante, e, depois de um tempo, ela poderia ir, a passos lentos, até o local onde mamãe a esperava, diante da trilha que levava até a casa. Elas se abraçavam longamente apertando primeiro as costas, depois os braços, dizendo ao pé do ouvido palavras de boas-vindas. Desejavam que a outra sempre tivesse um marido, muitas crianças e muitas vacas. Pediam notícias da família. Felicitavam-me por estar com saúde. Depois, sempre bem lentamente, íamos nos sentar no quintal, debaixo de uma bananeira, sobre a esteira velha e desfiada.

A conversa dava enormes voltas passando pela saúde das crianças, as colheitas, a chuva que tardava a chegar e, aos poucos, chegávamos ao assunto que preocupava Veronika: suas duas filhas, Formina e Illuminata. Formina, a mais velha, já era quase uma solteirona. Ninguém conseguia lhe arrumar um casamento. Ela sempre cortava o cabelo retocando seus *amasunzus*. Era uma das preocupações de Veronika. A outra preocupação, que certamente a atormentava ainda mais e a cobria de vergonha, era Illuminata. A mais nova, vendo a irmã definhar, não tinha esperado que a mãe e as matriarcas lhe apresentassem um marido. Ela tinha ido sozinha buscar um em Karama e tinha encontrado. Veronika se recriminava por ter criado mal a filha, embora, ao mesmo tempo, culpasse, e com razão, a deportação, o exílio, e as perseguições que tinham perturbado as regras de boa conduta que as mulheres de Nyamata se esforçavam tanto para manter. Minha mãe ficava escutando a ladainha de queixas da vizinha. Ela tomava cuidado para não interrompê-la, nunca devemos interromper quem está falando. Remexendo a crosta de terra, já seca e quebrada, com um monte de ervas finas que lhe cobriam os pés e as pernas, ela marcava sua atenção com algumas interjeições abafadas: "*Heum! Heum!*", que designam sinais de aprovação e encorajam a continuar.

Quando Veronika chegava ao fim do lamento, minha mãe começava a falar, elogiava Formina, assegurava que ela acabaria encontrando um marido e que tudo se arranjaria da melhor forma possível, respeitando os costumes e a honra da família.

E, se naquela noite não havia nada para comer em casa, Stefania deixava escapar acidentalmente que ela não sabia o que cozinhar para os filhos. Não seria preciso dizer nada além e seria inconveniente dizer mais, pois mamãe sabia que, no fim da trilha, antes de retomar a estrada, Veronika lhe daria, como ela mesma fazia com os vizinhos, um cestinho de feijão ou de batata-doce e diria: "É para as crianças".

E Stefania seguia seu caminho, cumprimentando Theodosia, Anasthasia, Speciosa, Margarita, Leôncia, e ela visitava Pétronille, Concessa...

Nossa última visita era sempre para Gaudenciana, a vizinha da frente. Ela costumava ficar no *ikigo*, o quintal, com os sete filhos sentados ao redor sem fazer nada. Mamãe fingia não perceber pois os homens, mesmo meninos de menos de dez anos, não tem nada para fazer no *ikigo*. Gaudenciana sabia bem que Stefania não aprovava o modo como ela criava os filhos e tentava se justificar: "Depois que os capangas do partido montaram o acampamento ao lado do lago, não podemos mais ir lá buscar água. Eles espancam os meninos, violentam as meninas. Imana, o Deus dos ruandeses, me deu sete filhos homens para criar. Quando chegar minha morte, Imana vai me perguntar: "O que você fez com os sete meninos que eu lhe confiei?". Eu terei de responder: "Eles ainda estão aqui. Não morreu ninguém. Consegui mantê-los sempre à vista". Assim, meu marido é que vai buscar a água. Eu sei que buscar água não é tarefa de homem, e zombam dele por isso, mas se matassem um de meus filhos, o que eu diria a Imana?". E Gaudenciana pensava em se mudar e ir morar mais perto do lago, não na beira da estrada onde os jovens do partido Parmehutu tinham montado o acampamento, mas ali onde ninguém iria procurá-los, no meio dos papiros, onde as nuvens de mosquitos nos assaltam assim que o Sol se põe, no meio dos crocodilos... E mamãe explicava a ela, mais uma vez, que seus filhos podiam ir até o lago, que bastava se organizar e ir em grupo, que ela poderia formar uma comitiva para eles irem juntos, que aproveitaríamos as horas em que os jovens do partido estivessem ocupados em outro lugar, que as moças é que tinham mais motivos para temer... Gaudenciana não respondia, ficava olhando para os filhos. "Bom, dizia minha mãe, amanhã vou raspar o cabelo de Butisi e Gastoni. Manda os dois virem lá em casa, eles podem atravessar a estrada."

Ah, as vizinhas! Quem é que não precisa de uma vizinha? Sempre temos alguma coisa para pedir para uma vizinha. Sempre uma vizinha vem pedir alguma coisa. E se ninguém vier pedir nada, você vai ficar triste. Será que não confiam em você? Será que acham que você é uma envenenadora? Sempre temos um pretexto para ir à casa da vizinha: sal, água, lenha, potes... De vez em quando podem até pedir uma filha porque o marido da vizinha não está essa noite – foi para Kigali – e ela está sozinha com os filhos pequenos e ficaria mais tranquila tendo alguém perto – Mukasonga – para fazer companhia. E isso dura um bom tempo, pois a educação exige acompanhar a visitante até a casa dela. É falta de educação deixá-la voltar sozinha. Mas ao chegar na casa da vizinha, ela vai ter que acompanhá-la de volta, é claro, pois você a acompanhou. As idas e vindas podem durar um bom tempo, enquanto tivermos coisas para dizer uma à outra. E as coisas mais importantes ficam guardadas para esses momentos de idas e vindas, impostos pela gentileza. São segredos. E são ditos à meia-voz, cochichados ao pé do ouvido.

Antigamente, dizia Stefania, "em Ruanda", a gente podia ir de um cercado a outro pelo meio do bananal. Assim era possível dar voltas e arrancar, de passagem, as ervas daninhas ou ajeitar uma vara que servia de amparo às bananeiras, mas estavam dobradas com o peso dos cachos de banana; as mãos de uma mulher nunca devem ficar paradas. Mas para as coisas que diziam umas às outras, era preciso tempo para dizer. Então, sentavam-se no meio do caminho. Se uma das duas estivesse com um bebê, aproveitava para dar de mamar nessa hora ou para massagear o corpo gorducho. Tinham todo o tempo para admirar as covinhas, principalmente as que ficam na região lombar. São chamadas de "olhos da lombar".

Os "olhos da lombar" eram importantes. Principalmente para as moças. Eram um sinal de beleza que valorizava o cinto de pérolas coloridas que as moças usavam nas ancas. Assim, enquanto o bebê ainda estava quentinho por causa do calor da mãe, ela aproveitava para modelar com os polegares "os olhos da lombar" esperando que a pele macia pudesse guardar as impressões dos dedos maternos.

Chegavam, enfim, à entrada da casa da vizinha. Paravam debaixo dos altos feixes de bambu que emolduravam a porta. Se as sombras indicavam que era a hora de dar comida às crianças, elas se abraçavam uma última vez desfiando de novo os desejos habituais.

Em Gitagata, ninguém tinha coragem de levar a vizinha até a porta de casa. Todo mundo temia um encontro desagradável na estrada: com jovens do partido, com militares. Apertavam o passo, não podiam fazer uma pausa para conversar à toa, nem fazer as idas e vindas. Assim, na maior parte do tempo, contentavam-se em acompanhar a visita até a beira da trilha que vai da casa até a estrada. É verdade que daria para andar pelo meio do cafezal, mas não ousávamos pisar o tapete de ervas finas que os brancos nos obrigavam a cultivar e sobre os quais eles tinham lançado várias proibições. Não queríamos criar confusão com os agrônomos de Karama que exerciam sobre as plantações uma vigilância cerrada. Então, Stefania e a visitante paravam no fim da trilha, na beira da estrada, e depois voltavam para casa. Se tinham muitas coisas para se dizer, faziam várias idas e vindas: "Somos prisioneiras", suspirava mamãe.

*

Os encontros das mulheres aconteciam nas tardes de domingo ou, de vez em quando, durante a semana, ao voltarem do campo que ficava atrás da casa, depois de um longo dia de trabalho, na casa de uma ou de outra, em geral na casa de Stefania ou de Marie-Thérèse. Nesses encontros, assavam espigas de milho, pois se os homens são relutantes em comer em público, as mulheres, em sua maioria, não devem seguir essa proibição. Elas também dividiam jarros de cerveja de sorgo ou, se o jarro estivesse vazio, o chá obtido jogando água sobre a crosta acumulada no fundo do jarro. A primeira infusão resultava em uma cerveja leve, a segunda era insípida, a terceira enchia a boca de um horrível amargor e as mulheres só engoliam o líquido para não envergonhar o anfitrião que não tinha outra coisa a oferecer além dessa poção lamentável. "Apesar de tudo, suspirava minha mãe, é preciso batizar a água!".

Mas o verdadeiro objeto dessa interação social era o cachimbo. Na época de Stefania, todas as mulheres em Ruanda fumavam cachimbo. Era o privilégio das mulheres casadas. Durante a festa em que a nova esposa deixava de usar os *amasunzus*, ofereciam a ela seu primeiro cachimbo e, para alegria da plateia, ela dava a primeira baforada. É claro que as mulheres não faziam como os homens que fumavam o cachimbo na frente de todo mundo: os homens fumavam onde queriam, sentados na porta da choupana, vagando pela estrada, no mercado, aos domingos na saída da missa. As mulheres fumavam em casa, no *ikigo* ou, de vez em quando, na plantação, para fazer um intervalo nas horas mais quentes, ao abrigo de uma árvore. Elas se queixavam, pois os homens costumavam ficar com o melhor tabaco enquanto eram elas, mulheres, que cuidavam da delicada plantação e da secagem das folhas. Os homens só deixavam as migalhas. No domingo, mamãe negociava duramente com meu pai para conseguir algumas folhas boas. Ela acabava sempre conseguindo um pouco.

As mulheres enchiam seus cachimbos enrolando pedaços de folha que elas rasgavam com a agulha usada nos trabalhos de cestaria e assim obtinham uma circulação de ar necessária para uma boa combustão. Cada uma dava uma baforada, trocavam os cachimbos, comparavam os tabacos, faziam os cachimbos darem a volta pelo grupo. Há melhor prova de amizade e confiança do que trocar os cachimbos?

Pedi muitas vezes ao meu marido ou aos meus filhos para me darem um cachimbo. Eles morrem de rir. Acham que estou brincando. Mas fico durante um bom tempo namorando a vitrine das lojas que vendem cachimbos. Não ouso entrar nesse lugar frequentado só por homens. Mas logo me consolo, qual sabor teria o tabaco sem nenhuma mulher para compartilhá-lo comigo?

As reuniões do *ikigo* constituíam o verdadeiro parlamento das mulheres. Os homens, por sua vez, cuidavam da justiça e dos negócios de fora da comunidade; meu pai fazia parte do grupo de sábios, homens que resolviam os litígios, desfaziam as querelas; eram eles que conduziam, quando possível, as negociações difíceis com o líder da comunidade, o prefeito, os agrônomos, os missionários... Já com os militares e os jovens do partido, não havia nada para se discutir. As mulheres eram responsáveis pela educação, saúde, economia e assuntos matrimoniais... Cada uma tinha direito de falar, pelo tempo que quisesse, sem ninguém interromper. Não havia maioria, não havia minoria. As decisões eram tomadas quando todos consentiam.

Stefania, Marie-Thérèse, Gaudenciana, Theodosia, Anasthasia, Speciosa, Leôncia, Pétronille, Priscilla e várias outras eram as Mães boas, as Mães amorosas, as que alimentavam, protegiam, aconselhavam, consolavam, as guardiãs da vida, que foram mortas por assassinos que quiseram, com isso, erradicar a própria origem da vida.

*

As mães de Gitagata se preocupavam, antes de mais nada, com a educação das crianças. Assim que puderam, primeiro em Nyamata, depois nos vilarejos em que se dispersaram, os exilados abriram escolas. Os professores foram ajudados pelos missionários e sempre dependeram do apoio deles. Em Gitagata, quase todas as crianças iam à escola, só não iam os que não tinham sido batizados. Para serem admitidos nas aulas, era preciso ter um nome cristão. Os *abapaganis* – pagãos – acabavam sendo considerados "atrasados" que tinham ficado às margens do irreversível progresso. As missões, com suas grandes igrejas, suas construções em tijolo vermelho e a luz que, sem precisar de fogo, brilhava até tarde da noite, eram como um pedaço do país dos brancos que tinha caído do céu perto das nossas casas. E só o batismo possibilitava o acesso a ele. Em Gitagata, os *abapaganis* não eram muito numerosos, mas ainda assim havia alguns. Por exemplo, a família Ngoboka, que morava a duas casas de nós. Ngoboka não era um pagão assumido, nem um guardião intransigente das tradições, um opositor feroz às luzes cristãs, um filho inveterado de Ryangombe. Simplesmente vinha de uma região bem afastada da província de Butare e não tinha, em seu caminho, cruzado com os missionários. A graça divina se esquecera dele. Além do mais, Ngoboka parecia zombar das tradições mais sagradas. Ele tinha um filho grande que pescava em uma pequena canoa no lago Cyohoha. Para a indignação de toda Gitagata, a família Ngoboka comia peixe, o que, todo mundo sabe, põe em risco a vida das vacas. Mesmo quando não se tem mais vacas, é considerado escandaloso transgredir essa proibição: de um modo ou de outro, só pode trazer azar.

Ele também tinha três filhas: Mukantwari, Nyirabuhinja e Nyiramajyambere que ficavam sempre sozinhas no vilarejo enquanto as outras crianças iam à aula. Ao saírem da escola e passarem na frente da casa das meninas que não tinham nomes cristãos, os mais bagunceiros gritavam "*Abapagani! Abapagani!*" Aos domingos, elas ficavam olhando tristemente a multidão bem vestida que ia na primeira missa, depois na segunda e, por fim, na terceira. Contudo, como todos os outros, Ngoboka respeitava o repouso dominical. No dia do Senhor, ninguém via sua família trabalhando no campo.

Stefania tinha pena das pobres crianças que, por causa da ignorância do pai, não podiam ficar com as outras e eram afastadas dos benefícios da civilização. Ficou decidido, em acordo com outras mulheres, que cuidaríamos primeiro de Nyiramajyambere. Vale a pena lembrar que Nyiramajyambere, A-mulher-civilizada, tinha um nome predestinado. Minha mãe foi conversar com Apollinaire Rukema, professor de catecismo, para negociar o batismo. Rapidamente apresentaram as verdades cristãs para a menina. Stefania aceitou ser madrinha e Nyiramajyambere recebeu de batismo o nome tão bonito de Gloriosa. Faltava convencer o professor, Bukuba, a aceitar uma menina maior, talvez com dez ou doze anos, na turma das pequenas. Bukuba estava reticente. Várias delegações de mulheres acabaram pondo fim às suas hesitações: Gloriosa entrou na escola. Stefania continuou encorajando-a. Minha mãe, que não sabia ler nem escrever, contava as vantagens da leitura para a menina e meu pai abria a Bíblia e lhe ensinava a decifrar algumas palavras. Como a maioria dos alunos de Nyamata, ela não passou na prova nacional que dava acesso ao colégio secundário, mas Félicité, filha de Marie-Thérèse, levou a moça para um convento. Iniciaram Nyiramajyambere na costura e na culinária "civilizada" e ela aprendeu algumas palavras a mais em francês. Suas irmãs seguiram o mesmo caminho e até encontraram trabalho em Kigali. Em uma conversa com meu pai, Stefania deixou escapar: "Viu só, mesmo sem ter o rosário, consegui converter os pagãos. Não sei se Ryangombe vai estar lá se preciso for...".

*

Ao falar de Suzanne no *ikigo*, assunto que sempre aparecia, era preciso tomar muitas precauções. Apesar de sua reputação deplorável, evitávamos fazer qualquer alusão à casa descuidada, à plantação miserável, às crianças que andavam por aí usando trapos, cobertas de tabaco. Se tomávamos tantos cuidados com Suzanne era porque ela ocupava em Gitagata uma função que julgávamos indispensável: ela fazia uma visita pré-nupcial às jovens que iam se casar. Por isso, a presença de Suzanne era muito importante e, mesmo se a desprezassem em voz baixa, tinham por ela muito respeito, que se misturava com um pouco de medo.

Falar sobre Suzanne era, de algum modo, abordar a questão do sexo. Falar sobre sexo era totalmente proibido. As palavras que o designavam nunca eram pronunciadas. Elas eram conhecidas, mas nunca tinham sido ouvidas. Fico me perguntando como as pessoas faziam para conhecer essas palavras. Teria sido o diabo, Ryangombe em pessoa como diziam os padres, que tinha nos soprado ao pé do ouvido? O sexo das moças era, contudo, motivo de grande preocupação. Em Ruanda, não se praticava a mutilação genital feminina como em outras sociedades africanas. Pelo contrário, era preciso proteger esse reduto precioso de onde vêm as crianças. Cobriam as partes desde bem cedo e, assim, melhoravam as defesas naturais. Por muito tempo, a menina ficava colada na mãe, como uma sombra. Mas por volta de dez anos, a mãe dizia à filha: "Vai ver a vizinha, ela tem coisas para te dizer, pergunte às suas amigas mais velhas, elas sabem o que fazer, pergunte à Speciosa que já está na idade de saber". Ela não dizia mais nada, não é sua função iniciar a filha. As meninas fazem isso entre si. Elas estiram os grandes lábios da vulva para dobrá-los em seguida como uma concha bem fechada. Acabo de escrever as palavras que uma ruandesa não deve pronunciar nem escrever. Mas, no fim das contas, estão em francês e, assim, não estão proibidas.

Antes do casamento, as moças eram examinadas por Suzanne. Elas ficavam apreensivas, pois tinham ouvido a história de Margarita. Pelo que diziam, ela tinha voltado envergonhada da casa dos seus sogros que moravam do outro lado do rio Nyabarongo. E, hoje, ela mora sozinha, isolada, em uma pequena cabana. Ela só era vista no campo, atrás da cabana.

A consulta com Suzanne acontecia à noite. As moças levavam presentes para ela. Não sei se isso influenciava no diagnóstico; de todo modo, elas voltavam quase todas mais tranquilas: Suzanne confirmara que elas estavam de acordo com o que exigia a tradição.

No *ikigo*, as mulheres não falavam abertamente dessa prática, mas quando mencionavam o nome de Suzanne todo mundo sabia do que se tratava.

*

As mulheres também comentavam bastante a doença de Fortunata. Fortunata pertencia a uma família bastante respeitada de Gitagata. Seus dois irmãos mais velhos, já casados, tinham empregos de certo prestígio: um era Rukema, professor de catecismo, que mencionei anteriormente; o outro, Haguma, era empregado na residência de um agrônomo belga em Karama. Speciosa, a mais nova, tinha ido a Kigali trabalhar na casa de brancos. Por estarem próximos dos mistérios complicados do Deus dos missionários ou dos costumes estranhos dos europeus, os três eram encaixados na categoria invejada dos "civilizados". Fortunata tinha ficado em Gitagata para cuidar de Cecília, a mãe, senhora bem idosa e quase inválida. Ela era uma filha corajosa. Todos admiravam o que fazia. Ao se referirem à casa delas, não diziam "na casa de Cecília", mas "na casa de Fortunata". As mães que tinham um filho para casar faziam belos projetos envolvendo a moça: feliz de quem tivesse Fortunata como nora!

Um dia, Fortunata desapareceu. Não a viram mais na plantação, nem na trilha para o lago, nem mesmo aos domingos na saída da missa. As moças disseram que ela não estava mais indo retocar os *amasunzus* do seu corte de cabelo. Todos estavam preocupados, perceberam que ela não saía mais de casa e souberam que até se recusava a levantar da esteira, que tremia muito e gemia noite e dia sem dizer de onde vinha aquele mal, mas que repetia sem parar o nome Théoneste, nome até então desconhecido em Gitagata. Na opinião de todas as mulheres, era uma doença bem esquisita, nunca antes vista em Gitagata, nem mesmo nas lembranças mais antigas que se tinha de Ruanda. E ninguém entendia por que a mãe não ia se aconselhar. Se as mulheres se reunissem poderiam ter encontrando plantas ou um feitiço para curar Fortunata.

Não sei quem descobriu o nome da doença desconhecida, mas a notícia se espalhou pelo vilarejo e arredores. A doença de Fortunata era a doença do amor. A gente nunca tinha ouvido falar de uma doença desse tipo, doença do amor! Onde Fortunata tinha pegado isso? O amor só podia ser uma doença de branco. Mas o que se pode fazer contra uma doença de branco? Acusaram Speciosa dizendo que ela tinha trazido a praga de Kigali e, quando ela voltou a Gitagata, colocaram-na de quarentena. Era preciso conter a doença do amor. Perceberam que as jovens constituíam o grupo de risco. As mães ficavam vigiando-as e proibiram-nas de sair. Não deixavam as crianças, sobretudo meninas, passarem na frente da casa de Fortunata. Para ir à escola, abriram um novo caminho que, dando uma grande volta, evitava a casa maldita. Bastava evitar a doença do amor. Até os homens tinham uma opinião sobre o assunto e as crianças faziam musiquinhas que cantavam a plenos pulmões, mas mantendo distância da casa: "*Indwara y'urukundo! Indwara y'urukundo!* É a doença do amor! É a doença do amor!".

Os irmãos de Fortunata ficaram comovidos com o escândalo causado pela doença da irmã e resolveram investigar para desmascarar o envenenador, cujo feitiço perverso tinha amaldiçoado a pobre Fortunata. Depois de procurar bastante, convenceram-se de que o feiticeiro era um certo Théoneste que morava bem longe de Gitagata, do outro lado de Nyamata, às beiras do rio Nyabarongo. Os irmãos foram até lá e disseram que, como ele fora o responsável por ter inoculado a terrível doença do amor na irmã, ele deveria assumir as consequências de seu ato e levar Fortunata com ele, cuidar dela no estado em que as malditas substâncias a tinham deixado. À força ou por vontade própria, Théoneste deveria aceitar a proposta. Assim, enviaram Fortunata o mais rápido possível e, pelo que contaram depois, ela recobrou a saúde.

A partida de Fortunata provocou um grande alívio em toda Gitagata. Tinham erradicado a terrível doença do amor. As jovens puderam voltar a sonhar com o próximo casamento e as mães a buscar para as filhas o que estimavam ser o melhor partido.

*

"Até hoje a pobre Cláudia ainda passa por aqui, dizia Stefania, com seus *amasunzus*; é preciso fazer alguma coisa por ela." As mulheres do *ikigo* sempre estavam dispostas a procurar um marido para as filhas que não tinham encontrado nenhum e, assim, pôr fim à situação difícil delas. Foi o caso de Cláudia.

Cláudia tinha perdido a mãe. Era filha única e tinha cuidado do pai idoso que não podia mais trabalhar no campo e nem cuidar da casa. Mas Cláudia era uma filha corajosa e tinha um vigor pouco comum. Quando ia buscar água, transportava na cabeça os jarros que nenhum homem poderia erguer. Todos admiravam suas coxas duras, suas pernas cabeludas, seu jeito de andar majestoso que comparavam elogiosamente ao de um elefante. A largura de suas ancas prometia muita fecundidade. Mesmo se seu físico não correspondesse traço a traço aos padrões de beleza ruandeses, ninguém compreendia por que os rapazes sempre davam uma desculpa para recusar o casamento com uma moça que claramente era feita para trabalhar na terra e pôr no mundo muitas crianças. Suspeitavam dos motivos para as reticências: a mãe de Cláudia tinha morrido depois de uma longa doença que a tinha mantido trancada em casa. Uma doença assim, que visivelmente tentaram esconder do vilarejo, só poderia ter sido causada por alguma maldição de um envenenador. Todos temiam que a maldição se espalhasse pela família sem poupar Cláudia nem os seus filhos. Ninguém estava pronto para enfrentar uma maldição.

Assim, Cláudia permanecia sem marido. Ela poderia ter ido buscar um em Kigali. Sempre era possível voltar de Kigali com marido. Mas Cláudia não era uma moça despudorada e Francisco, seu pai, era rigoroso em zelar o respeito pelas tradições. Ele era conhecido no vilarejo como um homem de honra e diziam que ele tinha jurado à mulher que zelaria pela honra de sua filha única.

Os anos passaram e Cláudia ainda não tinha um marido. As mulheres de Gitagata decidiram que estava na hora de agir e encontrar um marido para ela. Foi então que pensaram em Karangwa. Era um rapaz mais velho, mas que continuava sendo um bom partido, pois trabalhava em Karama, como empregado ou jardineiro, não lembro mais. Fato excepcional para um solteiro, ele já não morava com os pais, morava sozinho, em uma casa própria. Sem dúvida foi por esse motivo que as mulheres o escolheram.

Karangwa trabalhava a semana toda em Karama. Assim como meu irmão Antoine, ele só voltava para Gitagata no sábado e partia de novo no domingo. Isso permitiu que as mulheres realizassem seu plano maquiavélico. Cláudia aprovou a manobra e se dedicou a ela sem o menor escrúpulo. Num sábado, então, levaram Cláudia para a casa de Karangwa antes de ele chegar. Cláudia se escondeu no canto mais escuro: havia poucas chances de Karangwa descobri-la quando voltasse depois de ter tomado alguns jarros de cerveja com outros solteiros. Cláudia ficou, então, a noite inteira escondida, agachada, sem se mexer e quase sem respirar, até que, na primeira luz do dia, uma visita veio bater à porta de Karangwa e, é claro, logo descobriu Cláudia que saiu do canto escuro e ficou bem ao lado da cama de Karangwa. De acordo com o que estava combinado, a vizinha começou a gritar o mais alto que pôde: *"Yemwe! Mamawe!* Karangwa sequestrou Cláudia!" Ouvindo esses gritos, todo mundo saiu das casas. Logo havia uma multidão gritando ao redor da casa de Karangwa: Karangwa sequestrou Cláudia! Ele sequestrou Cláudia!" As mulheres gritavam: *"Yiiiiii! Yiiiiii!"* Francisco saiu correndo. Ele mandou Karangwa casar com a filha. Ela tinha sido encontrada na casa dele, tinha passado a noite lá. Todo o vilarejo era testemunha de que ele tinha sequestrado Cláudia. Karangwa tentou balbuciar alguma coisa, mas era tarde demais, já tinham chegado com os jarros de cerveja e as mulheres do complô já estavam entoando cantos em louvor da futura esposa, e as jovens tinham começado a dançar. O pai de Cláudia e a família de Karangwa assumiram o controle da situação. As tradições seriam respeitadas e Cláudia estava então munida de um marido. Só tinham agora que celebrar as núpcias!

*

Uma das maiores preocupações das mulheres era com a gravidez. Ter um filho era conquistar o auge da admiração, respeito e poder desejados por todas as mulheres. Esperavam de uma jovem casada que ela engravidasse o mais rápido possível. Se uma esposa demorasse a anunciar a gravidez, o marido ficava preocupado, sentia o olhar de desprezo dos outros homens e as fofocas sobre ele começavam a circular. Logo lhe aconselhariam a, discretamente, rejeitar a esposa estéril. Além disso, em Ruanda, às vezes, a gravidez era errante, e não se mantinha em um único lugar, ela viajava por várias partes do corpo da futura mãe. A jovem anunciava ao marido: "Estou grávida, mas o bebê partiu para as costas". Esse fenômeno curioso talvez tivesse a ver com um feitiço maligno lançado por um envenenador ou, quem sabe, por uma vizinha invejosa, ou poderia ser uma maldição vinda de mais longe, em todo caso, isso não surpreendia ninguém, o bebê passeava por todo o corpo da mãe, pelas costas, pelo pescoço, pelo joelho... mas ninguém precisava se preocupar muito: um dia, ele acabaria encontrando o lugar certo.

As peregrinações do bebê poderiam durar alguns meses, no máximo dois anos, mas houve uma vez que foi diferente, aconteceu com Madame, esposa de Nakareti. Ele tinha esse nome que era um nome de verdade e não um apelido, era um nome bizarro, e sua pele era pálida demais, dava muito o que falar, Stefania suspirava: sua mãe passou uma noite inteira se confessando. Com a esposa dele, as mulheres contaram o tempo: "É a quinta vez que chega a colheita do sorgo desde que Madame ficou grávida e o bebê ainda não veio!". Todos achavam que a gravidez sem fim de Madame colocava o casal em risco. Uma gravidez de cinco anos não é possível! Talvez tivessem lançado sobre ela uma maldição bem poderosa, ninguém deveria se aproximar, era preciso evitá-la a qualquer custo, desviar do caminho se cruzassem com Madame. O casal desgraçado foi posto em quarentena, pois os homens zombavam de Nakereti, que ainda confiava na esposa e esperava ingenuamente o bebê se reposicionar na barriga da qual ele nunca sairia. Alguns desconfiaram que ele também tinha pegado a doença do amor. Stefania e algumas outras tinham uma opinião diferente. Elas observaram que a casa de Madame e de Nakereti era contígua à de Tito, comerciante que os militares prenderam com os outros em 1963. Eles também tinham levado Apollinaire, seu filho, que fora jogado para dentro do caminhão com o pai. Madame tinha visto tudo, tinha entendido tudo. O bebê, segundo Stefania, tinha sentido o pânico da mãe. Ele não tinha pressa de vir ao mundo, não a este mundo que matava crianças.

Nunca se soube se Madame acabou tendo ou não o bebê itinerante; pois, depois dos massacres de 1967, em que foram mortos tantos jovens, eles conseguiram fugir para o Burundi. E não se teve mais notícias deles...

*

E os estupros. Ninguém queria falar sobre esse assunto. Ninguém podia falar sobre esse assunto. Não existia nenhuma brecha nos costumes que permitisse enfrentar essa catástrofe que perturbava as famílias. Antigamente, "em Ruanda", se uma moça engravidava antes do casamento, escondiam-na, ela desaparecia, diziam que ela tinha ido para Kigali, ou para mais longe ainda, para o Burundi, Usumbura, como diziam na época. De todo modo, ela não deveria ficar na casa familiar. Não era tanto uma reprovação moral que recaía sobre a infeliz, mas um medo de que a transgressão das regras que garantiam o bom andamento da sociedade pudesse lançar sobre a família, e toda a comunidade, uma série de calamidades que atingiriam tanto a fertilidade das plantações quanto a fecundidade das mulheres e das vacas. A jovem e o bebê acabavam voltando para morar com os seus, mas ainda existiam uma desconfiança e certa apreensão com um filho nascido fora das normas.

Mas o que fazer com esses costumes quando suas filhas são vítimas dos jovens do partido único que aprenderam que o estupro de moças tutsis é um ato revolucionário, um direito adquirido pelo povo majoritário? Quem suportará o peso esmagador da desgraça que, em vão, se tenta esconder: a menina-mãe, que se torna uma maldição viva, de quem todos querem fugir e que afunda na solidão do desespero? A família que fica remoendo o remorso de não ter podido proteger os seus e que se vê posta de lado, por prudência, por todo o vilarejo? E quais desgraças trará esse filho, filho nascido de tanto ódio?

Foi o estupro de Viviane que fez com que todas as mulheres passassem a questionar o comportamento que a tradição tinha imposto até então. Viviane era uma moça bem jovem, ainda adolescente. As mães usavam-na como exemplo de bom comportamento para as filhas que eram rebeldes. Ela cometeu a imprudência de ir buscar água no lago Cyohoha, sozinha, em um horário em que os jovens do partido estavam nas plantações divertindo-se com alguns engradados de cerveja, contando vantagem dos golpes baixos dados em alguns tutsis. Preocupada com a demora da sua filha em voltar, a mãe de Viviane avisou as outras mulheres que foram falar com os homens. Eles tomaram a estrada que leva até o lago Cyohoha. Bem antes de chegar ao lago, viram na beira da estrada a cabaça quebrada de Viviane e, um pouco mais longe, debaixo de um monte de feno, o corpo ensanguentado da jovem. Ela estava coberta de hematomas e o estupro era evidente. Levaram uma maca de ripas de bambu trançados na qual transportavam apenas doentes graves ou mortos. Dois homens carregaram-na sobre os ombros. Eles atravessaram todo o vilarejo. Todo mundo pôde ver Viviane e o sangue avermelhado no seu pano. Não havia nada a esconder.

Uma grande confusão se abateu sobre o vilarejo. Suplicavam tanto para a Virgem Maria quanto para

Ryangombe. Choravam por Viviane, é claro, mas também pelas desgraças que com certeza recairiam sobre os habitantes de Gitagata.

Porém, dessa vez, a solidariedade e a compaixão foram mais fortes do que o normal. Não relegaram Viviane e a família à quarentena que a tradição exigia. Stefania e outras mulheres vieram cuidar das feridas, que cicatrizaram, mas logo perceberam que Viviane estava grávida. As mulheres do vilarejo não deixaram de dar à jovem conselhos e instruções. Ela deu à luz na casa da família. As matriarcas que eram chamadas para os partos ajudaram Viviane a pôr no mundo um bebê bonito, um menino.

As mulheres continuavam achando que era preciso afastar a maldição que Viviane e seu bebê carregavam. Discutiram durante muito tempo nos quintais. Encostada atrás do montinho, eu tentava não ser notada para poder ouvir as discussões. Minha mãe repetia um dos seus ditados preferidos: "A água purifica tudo". E, aos poucos, a assembleia se convenceu de que uma cerimônia de purificação pela água era o rito que convinha: lavaríamos minuciosamente todas as partes do corpo de Viviane e de seu filho.

Mas qual água possuía um poder de purificação tão poderoso a ponto de expulsar as maldições que, com o estupro, tinham recaído sobre a jovem mãe e seu bebê?

A água maléfica do lago Cyohoha não era conveniente. A água da chuva parecia pouco eficaz. Era preciso recorrer à água lustral da nascente do Rwakibirizi. Era a única nascente de Bugesera e não secava nunca. A água brotava em jatos grandes como se viesse das entranhas da Terra. Jorrava desde as origens de Ruanda. Na volta de seu exílio, Ruganzu Ndori, um dos reis fundadores de Ruanda, parou no Rwakibirizi e a água começou a jorrar no momento em que ele fincou a lança no chão. O rei trazia com ele a fertilidade e a abundância: a água de Rwankibirizi, nascida da força do soberano, tinha o poder de vencer qualquer maldição.

Para ir buscar a água sagrada, escolheram duas jovens virgens que tinham um bom comportamento. Deram a elas dois barris grandes usados para bater o leite (e não foi fácil encontrar recipientes sem nada dentro!). As mulheres foram com elas cantando ao longo de todo o trajeto discursos laudatórios para Ruganzu Ndori e calando-se, por prudência, quando se aproximava um passante.

As mulheres definiram minuciosamente os ritos da cerimônia, que deveria acontecer no matagal, onde os Espíritos repousam. Mas é nas encruzilhadas, onde os caminhos se encontram, que eles se mostram mais frequentemente. Então, escolheram um cruzamento resguardado dos olhares indiscretos e cobriram ele de ervas finas.

No dia determinado, as mulheres, Viviane e o filho partiram na noite escura. O ritual deveria acontecer na hora propícia, isso é, antes do Sol nascer, mas quando o céu já está começando a clarear. Eu não assisti à cerimônia: não me autorizaram a seguir minha mãe. Eu era muito nova e também muito tagarela. Não é bom revelar os segredos do mundo dos Espíritos. No fim, as mulheres não trouxeram os barris de volta ao vilarejo, elas se apressaram a jogá-los no lodo do pântano.

A água do Rwakibirizi afastou a maldição que o estupro de Viviane tinha feito pesar sobre o vilarejo: ninguém duvidou disso. Chegaram a organizar uma festa para dar as boas-vindas ao bebê cujo pai todos queriam esquecer. Não foi um *ubunyano*, pois o filho de Viviane já não era um recém-nascido, mas deram-lhe um nome: Umutoni – Aquele-que-está-conosco –, e todas as crianças de Gitagata passaram a considerá-lo como um irmão. Apesar de Viviane ter sido integrada ao grupo de mulheres honradas, seu estatuto ficou um pouco indeciso. Ela não era mais uma mocinha e não usava mais os *amasunzus*; também não era uma mulher casada: consideravam-na como viúva e só um viúvo poderia casar com ela.

Em 1994, o estupro foi uma das armas usadas pelo genocídio. Quase todos os estupradores eram portadores do vírus HIV. Nem toda a água de Rwakibirizi e de todas as nascentes de Ruanda teriam bastado para "lavar" as vítimas da vergonha pelas perversidades que sofreram. Nem toda a água seria suficiente para limpar os rumores que corriam dizendo que essas mulheres eram portadoras da morte e fazendo com que todos as rejeitassem. Contudo, foi nelas, nelas próprias e nos filhos nascidos do estupro que essas mulheres encontraram uma fonte viva de coragem e a força para sobreviver e desafiar o projeto dos seus assassinos. A Ruanda de hoje é o país das Mães-coragem.

OS ESPÍRITOS DOS MORTOS FALAM CONOSCO EM nossos sonhos? Eu queria tanto acreditar nisso. Escrevo no meu caderno esse pesadelo que há tanto tempo ronda as minhas noites.

De repente, a porta da sala de aula se abre e de lá sai um enorme fluxo de alunos, meninas com vestidos azuis, meninos de short e camiseta cáqui. Eles formam uma fila comprida e silenciosa mas, ao contrário do que acontece normalmente, eles não se dispersam ao passar pelo bosque de eucaliptos que separa o pátio da escola do terreno plano onde fica o mercado. Todos seguem pela estrada que leva ao acampamento militar de Gako, na fronteira com o Burundi. Eu gostaria de perguntar: "Para onde vão vocês crianças? Por que não voltam para casa?", mas eu sei qual é a resposta, pois estou no meio das meninas, eu, Mukasonga, vou caminhando ao lado de Cândida, minha amiga, e, na minha frente e atrás de mim, estão Immaculée, Madeleine, Speciosa, e também Alphonsine e Viviane...

Sei que estamos indo colher flores, foi o padre que nos pediu ao fim da missa: "No próximo domingo tem a festa do Santíssimo Sacramento, precisamos de flores para o altar e de muitas flores para a procissão". E Kenderesire, professora de catecismo, nos repetiu no fim da aula: "Vocês devem ir colher flores, flores brancas para o altar do bom Deus, e muitas pétalas para a caminhada de Maria". Désiré, a professora, antes de sair da aula, repetiu: "Não esqueçam de ir colher flores para o altar do Nosso-Senhor e para a chuva de pétalas que vocês devem lançar nos raios de ouro do ostensório".

E as crianças estão ao pé de uma colina toda branca que está coberta de flores brancas. As crianças correm, correm pela encosta da colina. Eu não quero ir atrás delas. Não sou mais uma menina. Eu grito: "Não subam aí, essa colina está cheia de pedras cortantes: é a colina de Rebero, onde mataram todos". As flores brancas se mexem quando as crianças passam. Elas rangem, chiam, crepitam, estalam feito madeira seca. Eu tampo os ouvidos e grito: "Voltem para casa, crianças, voltem...".

Na igreja, as crianças carregam buquês, montes, braçadas e feixes de galhos brancos. Digo a elas:

– Essas não são as flores que vocês colheram...

– Não, me diz Cândida, mas veja o que deixamos na frente do altar de Jesus, na frente da estátua de Maria.

Ao pé do altar de Jesus, ao pé da estátua de Maria, vejo vários montes de ossadas: esqueletos de homens, de mulheres, de crianças de Nyamata espalhados pelo chão da igreja.

– Você reconhece quem são? pergunta Cândida. Olhe bem, eles estão aqui e eu estou com eles, você reconhece os seus? Reconhece Stefania?

Cândida é apenas uma sombra cada vez mais tênue e a voz dela é só um eco distante:

– Você tem um pano grande o suficiente para cobrir todos eles... para cobrir todos... todos...?

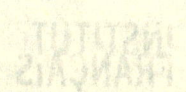

INSTITUT FRANÇAIS
BRASIL

Liberté • Égalité • Fraternité
RÉPUBLIQUE FRANÇAISE

AMBASSADE DE FRANCE
AU BRÉSIL

Cet ouvrage a bénéficié du soutien des Programmes d'aides à la publication de l'Institut Français.

Este livro contou com o apoio à publicação do Institut Français.

© Editora Nós, 2017
© Editions Gallimard, 2008

Direção editorial SIMONE PAULINO
Editora assistente SHEYLA SMANIOTO
Projeto gráfico BLOCO GRÁFICO
Assistentes de design LAIS IKOMA, STEPHANIE Y. SHU
Revisão DANIEL FEBBA
Produção gráfica ALEXANDRE FONSECA

Foto da autora [p. 160]: © Photo C. Hélie © Editions Gallimard

6ª reimpressão, 2023

Texto atualizado Segundo o novo Acordo Ortográfico da Língua Portuguesa

---

Dados Internacionais de Catalogação na Publicação (CIP)
(Câmara Brasileira do Livro, SP, Brasil)

Mukasonga, Scholastique
   A mulher de pés descalços: Scholastique Mukasonga
   Título original: *La femme aux pieds nus*
   Tradução: Marília Garcia
   São Paulo: Editora Nós, 2017.
   160 pp.

ISBN 978-85-69020-18-9

1. Genocídio – Ruanda – História – Século 20
2. Mukasonga, Scholastique 3. Mukasonga, Stefania
4. Mulheres – Ruanda – Biografia 5. Ruanda – História –
Guerra civil, 1994 – Narrativas pessoais 6. Ruanda –
Relações étnicas – História – Século 20 I. Título.

17-05687 / CDD-967.57104092

Índices para catálogo sistemático:
1. Ruanda: Guerra civil: História:
Mulheres: Narrativas pessoais 967.57104092

Todos os direitos desta edição reservados à Editora Nós
Rua Purpurina, 198, cj 21
Vila Madalena, São Paulo, SP CEP 05435-030
www.editoranos.com.br

Fonte BELY Papel PÓLEN BOLD 70 g/m² Impressão SANTA MARTA